Mit Otto aufs Land

Eva Andorn

Mit Otto aufs Land
(Ver-)Zweifeln, Staunen, Ausprobieren

– Kurzgeschichten –

Bibliografische Information der Deutschen Nationalbibliothek:

Die Deutsche Nationalbibliothek verzeichnet diese Publikation in der Deutschen Nationalbibliografie; detaillierte bibliografische Daten sind im Internet über dnb.dnb.de abrufbar.

Copyright © 2023 Eva Andorn

Covergestaltung: Kerstin Kühl, Carla Moenig, Kai Sinzinger

Illustrationen einschl. Foto S. 191: Carla Moenig

Satz: Kerstin Kühl, Kai Sinzinger

Herstellung und Verlag: BoD – Books on Demand, Norderstedt

ISBN: 978-3-7534-0770-8

Über dieses Buch

Ein Paar, Anfang fünfzig, zieht von Berlin nach Brandenburg – in ein 40-Einwohnerdorf in der Prignitz, Deutschlands am dünnsten besiedelter Region. Beide haben keine Erfahrung mit dem Landleben. Kurz vor dem Umzug kommt Leonberger-Welpe Otto dazu – von Hundeerziehung haben beide auch noch keine Ahnung.

Alles ist neu, alles muss sich einspielen. Wie sie und Hundekind Otto dies meistern und ob es die richtige Entscheidung war, aufs Land zu ziehen, davon erzählt dieses Buch, mal heiter, mal nachdenklich.

Über die Autorin

Die Autorin hinter dem Pseudonym Eva Andorn, Jahrgang 1970, wuchs im Ruhrgebiet auf. Sie ist ausgebildete Sprach- und Literaturwissenschaftlerin, PR-Beraterin und Lektorin und lebte in Bonn und Berlin, wo sie unter anderem für verschiedene Redaktionen tätig war. Nach mehr als zwanzig Jahren in der Hauptstadt zog es sie aufs Land. Sie lebt mit Mann, Hund und Hühnern in einem Dorf in der Prignitz/Brandenburg. Wenn sie nicht gerade selbst schreibt, arbeitet sie als freie Lektorin.

Inhalt

Ein Kasten Bier

Noch zehn Tage bis zum Umzug. Otto, unser Hundekind, hilft mir beim Packen. Während ich einen Karton auseinanderfalte, steckt Otto seine Zunge in die Tragegrifföffnung eines fertig gepackten Kartons und fängt an, eifrig zu schlecken. Etwas Rotes wird eingespeichelt, und als er das Rote durch die Öffnung zu zerren versucht, erkenne ich den Ärmel meines Lieblingspullovers. Demnächst also vielleicht Lieblingspullunders.

Umzug mit einem Welpen, genial. Otto ist ein Leonberger, also ein Riesenbaby. Er ist fast viereinhalb Monate alt und wiegt dreiundzwanzig Kilo. Seine Pranken lassen schon erahnen, dass er ein sehr großer Hund werden möchte.

Mein Mann, Marc, und ich hatten uns schon länger gewünscht, einen Hund aus dem Tierheim zu adoptieren, aber das hatte beim ersten Versuch nicht geklappt. Zwar hatten wir uns in einen mittelgroßen Straßenmix verguckt, doch meinte der Hundetrainer, nachdem er uns ein paar Mal beim Gassigehen beobachtet hatte: Wachhund mit Aggressionsstörung und Anfänger mit Stadtwohnung – ganz schlecht für alle Beteiligten.

Wir waren traurig, aber einsichtig und schoben das Thema

auf. Zumal wir uns immer mehr wünschten, aus der Stadt wegzuziehen, gern aufs platte Land, so richtig raus. Also gab es zunächst viel zu überlegen, zu planen und zu tun, und von Kaufvertragsentwürfen, Gutachten, Besichtigungsterminen in unserer Wohnung, An- und Ummeldungen und sonstigen Vorbereitungen schwirrte mir schon beachtlich der Kopf.

Es war August, in zwei Monaten würden wir umziehen. Marc druckste herum und zeigte mir schließlich ein Foto: ein Wurf entzückender Fellknäuel. Lustige dicke Babygesichter.

„Ja, und?", wollte ich wissen, leicht alarmiert.

„In Sachsen-Anhalt gibt es gerade einen Wurf Leonberger!"

Ich wusste, dass er die Rasse so schön findet, während es mich vor langhaarigen Fellmonstern graust. Beliebt bei U-Bahn-Fahrten an Regentagen: ein nasser, stinkender Megazottel, der den ganzen U-Bahn-Wagen in seinen brackigen Dunst einhüllt. Hilfe! Wenn es schon um Rassehunde geht, dann wäre ich sofort beim Dobermann: beeindruckend groß, elegant, kurzfellig, sabbert nicht.

Ich versuchte, auf Zeit zu spielen.

„Wir ziehen bald um, da ist hier doch nur Chaos, wollen wir das einem Welpen zumuten? Und dann vor allem den Umzug? Und ich drehe auch ohne Hund bald durch. Sowas muss man doch vorbereiten!"

Marc konterte: „Wir hätten ja noch Zeit, uns vorzubereiten und alles Wichtige zu besorgen, wir können ihn ja sowieso nicht beim ersten Kennenlernen mitnehmen. Aber wir müssen uns schnell entscheiden: Die ersten Wochen sind doch so wichtig, die Prägephase, später macht es keinen Sinn. Und bis dann der nächste Wurf da ist … Willst du noch ein Jahr warten? Außerdem ist es doch toll, wenn der Kleine mit uns aufs Land zieht, wo er ganz viel Platz hat und 'nen eigenen Garten."

Ja, ich hätte gut noch ein Jahr warten können. Und woher wusste er was von „Prägephasen"? Er hatte sich offensichtlich vorbereitet auf meine Angst vor Neuem und speziell vor zu viel Neuem gleichzeitig. Ich setzte gerade zu einer Antwort an, da holte er noch einen Trumpf aus dem Ärmel:

„Das ist übrigens 'ne Anfängerrasse!"

Lieb, gutmütig und pflegeleicht seien die.

Also ließ ich mich auf einen Besuch ein.

„Das verpflichtet uns noch zu gar nichts", laut Marc.

Bei den Züchtern im Garten legten riesige Tiere mit giganti-schen Köpfen ihre Pfoten auf das Tor zwischen ihrem Auslauf und uns, wedelten freudig mit ihren buschigen Schwänzen und ließen sich ausgiebig hinter den Schlappohren kraulen. In einem abgetrennten Bereich dösten drei wuschelige Knäuel. Die kamen neugierig angetapst und beschnupperten uns, ließen sich strei-cheln und dösten weiter. Marc war begeistert. Auf einem kurzen Spaziergang besprachen wir uns. Marc hatte sich in das Kerl-chen verguckt, das ihn am ausgiebigsten beschnüffelt hatte, Otto. Während ich, wenn überhaupt, zu dem Bruder tendierte, der aus dem Stand in den Schlaf umgeplumst war. Fraglos süße Biester. Und Marc war so aufgeregt und freute sich so sehr, also warf ich meine Skepsis über den Haufen. Zwei Wochen später würden wir den Kleinen abholen.

Zehn Kilo wogen die Welpen, und ich stellte mir vor, dass das bei akutem Harndrang so werden würde, als müsste man flott einen halben Bierkasten die Treppe nach unten in den Hof tragen. Denn Treppen hinauf- und vor allem hinuntergehen sollen Welpen ja nicht, zumindest nicht zu oft.

Die nächsten zwei Wochen rotierten wir und entdeckten ganz neue Welten, vor allem im Kleintiersupermarkt. Ob Bettchen, Shampoo, Bürsten, Spielzeug, Futter oder Leckerlis von Fischhaut bis Schlundfleisch, alles gab es in einem leicht überfordernden Ausmaß. Wir lasen uns ein, kauften ein, stellten Möbel um und verschlossen Steckdosen. Marc baute ein Notfallhundeklo aus einem Quadratmeter Kunstrasen auf dem Balkon.

Als wir den Kleinen abholten, hatte er sich auf fast einen ganzen Kasten Bier verdoppelt: Er wog bereits achtzehn Kilo. Sein Bettchen beschnupperte er, zog es aber tagsüber meistens vor, irgendwo auf dem Boden zu liegen, Hauptsache, alles im Blick. Gern im Bad auf den kühlen Fliesen, bei geöffneter Tür, sodass ich mich mehrmals zu Tode erschrak, als ich nichtsahnend das Licht anmachte und da was Großes lag.

Die ersten Tage war er noch etwas zurückhaltend, aber ganz schnell forderte er Spiel und Kuscheln ein, tappte uns hinterher, wollte überall dabei sein und war kaum müde zu kriegen (von wegen Welpen schlafen fünfzehn bis zwanzig Stunden am Tag). Aufs Klo musste er ständig, und es dauerte etwa eine Woche, bis er nicht mehr hauptsächlich aufs unversiegelte Parkett urinierte. Wir rannten ständig mit Lappen, Küchenrolle, Essigreiniger und Parkettpflege durch die Wohnung. Wir saugten, wischten, rollten mit der Fusselrolle, wuschen Decken und Handtücher und wieder von vorn.

Ich möchte „Hundepapst" Martin Rütter widersprechen, der als praktische Eigenschaft langhaariger Hunde erwähnt, dass sich ihre ausgefallenen Haare zu gut sichtbaren Knäueln sammeln, die man nebenbei auflesen kann. Der kleine Otto jedenfalls verursachte nicht nur solche Haarnester, sondern ließ auch überall unzählige einzelne Haare herumfliegen, und wir klaubten sie aus Unterhosen, von der Zahnbürste, aus dem Kaffee.

„Mit den Haaren können wir später die Maulwürfslöcher verstopfen, soll ja helfen", sagte Marc, der in Bezug auf Otto doch stets etwas Positives findet.

Manchmal fragte ich mich in den ersten Wochen, ob ich eine gute Hundemutter sein könnte, ich fühlte mich die meiste Zeit einfach überfordert. Würde ich das Kind lieben können?

Als hätte er den Mutterinstinkt, perlte vieles an Marc ab, die schönen Momente überwogen Stress und Sorgen. Dabei war er es, der zehn Nächte lang im Wohnzimmer bei Otto kaum ein Auge zutat, da der Kleine sich auch im Schlaf ab und zu per Zunge oder Pfote versicherte, ob der Zweibeiner noch da war, und da er Otto auch nachts die Treppen nach unten tragen musste.

Wir waren beide ständig müde, und wenn wir wach waren, helikopterten wir um das Hundebaby herum. Versuchten, seine Geräusche zu interpretieren, an seinem Kot abzulesen, ob es ihm gutging, lauschten seinem Atem, wenn er schlief und gaben uns Mühe, ihm erste Kommandos beizubringen. Der Kleine lernte schnell, als Erstes „Sitz" und „Platz", was wir in „Platsch" umtauften, das Geräusch, das er macht, wenn er vor Müdigkeit umfällt. Wir tauschten Decken aus, kauften neues Spielzeug und stellten ihn vom „Kennerfleisch" auf schwedisches Welpentrockenfutter um.

Das Vorumzugschaos scheint Otto gar nicht zu beeindrucken. Im Gegenteil: Er will überall „mithelfen".

Das Wohnzimmer sieht nun aus wie eine seltsame Christo-Installation. Eine Wand aus Umzugs- und Bücherkartons vorm leeren Regal. Eine Kartonwand vor dem Fenster. Dazwischen in Knallfolie eingewickelt mehrere Bilder, Sesselbeine, eine Glastischplatte und eine Stehlampe. Es gibt Schneisen zum Balkon und zum Sofa. Das Sofa ist unsere kleine Rettungsinsel. Hier liegen wir nun, Marc und ich, im rechten Winkel zueinander, fast Kopf an Kopf. Seit Otto Einzug gehalten hat, macht auch Marc täglich einen Mittagsschlaf. Er will sich nur kurz hinlegen und verlässlich fallen ihm die Augen zu. Er atmet schon ganz ruhig. Ich starre auf das Chaos um uns herum. Das Parkett ist fleckig, und es riecht nach Essigreiniger. Auf meiner Decke wimmelt es von Hundehaaren.

Da kommt das Fellbündel etwas ungelenk um die Ecke getrabt – gerade aufgewacht, geschüttelt, geprüft, wo wir sind, *ah, sehr schön, Gruppenkuscheln*. Mit einem Hüpfer ist Otto auf dem Sofa, natürlich zwischen unseren Köpfen. Er schleckt mir einmal über Wange und Nase, bettet das Köpfchen zwischen seine Vorderpfoten und schmatzt kurz, dann höre ich auch von ihm regelmäßige Atemzüge. Es stinkt, aber es ist gemütlich und gerade sehr friedlich. Ich lehne meinen Kopf an das warme, weiche Fell, spüre den Puls des Kleinen und schließe die Augen.

*

Bekannt wie'n bunter Hund

Im Laufe weniger Tage schon wurden wir mit Hundekind Otto ein bisschen berühmt im Kiez, standen auf einmal im Fokus unserer Nachbarschaft. Als wäre permanent ein Scheinwerfer auf uns gerichtet. Spot on: die Hundeanfänger mit ihrem Riesenbaby!

Die Anonymität der Großstadt hatte mich nie besonders gestört. In dem Haus, in dem wir zuletzt fast sechs Jahre lang wohnten, kannten wir immerhin die meisten Nachbarn, man half sich mal mit einem Ei oder einer Bohrmaschine, plauderte kurz im Treppenhaus. Die weiteren etwa achtzig Menschen in den angrenzenden Häusern, die auch zu unserem „Block" gehörten – da war ich komplett aufgeschmissen, was auch an meinem extrem schlechten Gedächtnis für Gesichter liegen mag.

Nun hatte das Hundebaby Einzug gehalten, und auf einmal waren wir bekannt bei Zwei- und Vierbeinern, die uns vorher nie aufgefallen waren, umgekehrt wohl genauso wenig.

Das fing an bei den Lieblingskumpels und ersten Verliebtheiten unseres Hundes, zwangsläufig kamen wir mit den jeweiligen Frauchen und Herrchen ins Gespräch.

„Was, Sie wohnen auch hier? Nie gesehen!"

Bald winkten wir uns schon von weitem.

Otto hatte zwei Lieblingsspielkameradinnen. Eine war die Zwergpinscherdame aus unserem Haus, handtaschengroß. Mit der Besitzerin hatten wir bisher nur Kontakt in Form von „Hallo" und Türaufhalten gehabt. Nun waren wir wie Mütter am Sandkasten, wenn die Kleinen zusammen spielten. Otto war schon viel größer als die Pinscher-Freundin, was diese aber durch Mut und Spielfreude wettmachte. Wenn sie ihn aus fünfhundert Metern Entfernung sah, kam sie schon angeschossen.

Dann war da noch eine bezaubernde, fluffige weiße Pomeranian-Hündin, ausgeführt von einem armenischen Rentner, der stets sehr höflich war und erzählte, dass er schon lange Jahre in der Gegend lebte. Seine kleine furchtlose Hündin schlang gern ihre Vorderpfoten um Ottos Hals, die beiden sahen lustig aus zusammen – wo die Liebe hinfällt.

Einen richtigen Raufkumpel hatte unser Kleiner natürlich auch, eine schwarze Französische Bulldogge, gut erzogen, mit nettem jungem Herrchen.

Wir haben ja den Verdacht, dass Otto sich selbst für einen kleinen, filigranen Hund hielt.

Abgesehen von seinen Freunden waren für Otto auch fast alle anderen Vierbeiner interessant. Es kam vor, dass ein anderer Hund nicht mit ihm spielen wollte oder sollte, zum Beispiel ältere Hunde, die keine Lust mehr hatten auf wildes Raufen, oder kleinere Hunde, die Angst hatten, oder Dackel. Dann brauchte Otto einen Moment, damit klarzukommen – waren doch alle so spannend und potenzielle Kumpel, bis auf die Dackel.

Ottos unbändige Neugier und Aufgeschlossenheit führten manchmal zu kuriosen Szenen, und der Weg zum Kiosk, der in fünf Minuten zu Fuß zu bewältigen wäre, konnte mit dem Welpen eine halbe Stunde dauern: Eines Vormittags schienen sämtliche Hunde unseres Kiezes unterwegs zu sein. Egal, wohin ich schaute und mich wandte, es waren Hunde in Sichtweite. Von wegen entspannte Gassirunde. Unser Kleiner setzte sich alle paar Schritte hin, beobachtete, war aufgeregt, wollte losspringen – spielen! Da kam auch noch, schon von der anderen Straßenseite winkend, der nette junge Typ mit dem Mastiff, etwa in Ottos Alter. Otto saß, guckte etwas angespannt, wollte gern hin, benahm sich aber. Der andere saß wie versteinert da und starrte. Wir Zweibeiner plauderten kurz, mit etwas Abstand, um die Hunde nicht durch den nahen Reiz des anderen zu überfordern, das Übliche („Wie klappt's mit der Erziehung?" „Naja, mal so, mal so." ... „Immer noch Trockenfutter?"). Es ging gut. Die Lage war entspannt, so unser Eindruck, und wir versuchten, aneinander vorbeizukommen. Da hatten wir nicht mit unseren Viechern gerechnet. Abwechselnd: „Na komm, wir gehen jetzt!" Hund blieb sitzen. „Na komm!" Na gut, ein Meter, und wieder hinsetzen. „Komm! Ach, was ist denn heute wieder mit dir los?!" Ich freute mich still, dass es mir nicht allein so ging.

Um die Ecke wartete schon ein Spanielmix, die beiden beschnüffelten sich freundlich. Austausch mit Herrchen. Unser Geplauder muss auf Außenstehende wie eine Art Contemporary Dance mit eigenwilliger Choreografie gewirkt haben, mit Umeinandertänzeln und -greifen, um die Leinen zu entwirren.

Wir bekamen in den Stadtwochen nicht nur von anderen Hunde-halter Zuspruch – der Kleine zauberte allen Menschen ein Lä-cheln ins Gesicht. Spot auf Otto, immer sachte gepudert mit rosa Einhorn-Glitzerstaub.

Coole Jungs sprachen uns an, wie groß Otto noch werde, und staunten mit offenen Mündern. Ein Radfahrer stoppte abrupt an der für ihn grünen Ampel, um mich zu fragen, was das denn für eine Rasse sei. Die Bauarbeiter an der Ecke gerieten ins Schwär-men. Kinder riefen: „Der ist ja sooooo süß, darf ich den mal streicheln? Oh, ist der weich!", und eine alte Dame blieb stehen und klatschte in die Hände. „Ein Leonberger!", rief sie verzückt, und: „Der ist ja so hübsch! Diese Maske!" Wir waren ganz stol-ze Eltern. Ein älteres Paar berichtete verträumt, dass sie selbst mal einen Leo hatten und wie schön die Zeit mit ihm war. Eine Frau beugte sich von ihrem Balkon und reckte den Daumen nach oben: „Eine tolle Rasse! Was für ein prächtiger Hund, herzlichen Glückwunsch!" Was etwas seltsam war, wir haben ja nichts dazu beigetragen, dass er so ein hübsches Kerlchen ist.

Ob alt oder jung, Frau oder Mann, argentinisch, armenisch, deutsch, russisch oder ukrainisch – alle wirkten für einen Mo-ment wie verzaubert, wenn sie auf das kleine Fellbündel trafen. Otto brachte Freude in die Welt.

Na gut, einmal traf ich beim Gassigehen auf eine Kinder-gruppe im Vorschulalter. Eins fragte doch tatsächlich die Er-zieherin: „Ist das ein Kampfhund?" Da mussten wir lachen, die Erzieherin und ich. Der flauschigste Kampfhund aller Zeiten.

Und dann gibt es, mit Bezug aufs Hundekind zum Glück sel-ten, diese Menschen, die es schaffen, einen aus der rosaroten Idylle zu reißen. Schlagartig ist man zurück in der Realität übellauniger Großstadtbewohner. Manche guckten einfach komisch, starrten, nicht auf freundliche Weise. Vielleicht mochten die keine Hunde, hatten Angst oder fragten sich, was die offensichtlich inkompetente Hundehalterin mit dem Riesenvieh in der nicht artgerechten Stadtumgebung verloren hatte.

Einmal übte ich im Hof mit Otto, er fing an zu bocken, wollte nicht weiter und warf sich hin, mitten auf den Weg. Eine patent wirkende propere Frau um die sechzig, mit Kurzhaarschnitt und rosigen Wangen, verlangsamte ihre Schritte, grüßte knapp und streichelte Otto, natürlich ohne vorher zu fragen. Ich wartete auf die übliche Nachfrage nach der Rasse, dem Alter, dem Wuchs, ein Lob, eine Freude. Die Frau sah mich nur kurz an, runzelte die Stirn und sagte: „Na, Sie müssen noch viel lernen!"

*

Weicheier

Wir sind Hausherren. Vor einer Woche haben wir die Schlüssel übernommen für unser Fachwerkhaus in einem winzigen Dorf in der Prignitz, in der am dünnsten besiedelten Region Deutschlands. Wir, Marc und ich sowie unser nunmehr fast fünf Monate altes Leonbergerkind Otto, standen im Wohnzimmer und schauten uns ungläubig um. Selbst der Hund schien zu staunen.

„Irgendwann ziehen wir aufs Land!" So fing das an, geht ja vielen so – wenn man mal wieder genervt ist von der Stadt mit den vielen Menschen, dem Lärm, dem Schmutz und Müll, überhaupt: dieser Veränderung, denn früher war ja alles besser – weniger, leiser, sauberer ... Aber die meisten leben weiter in der Stadt. Weil Träumen manchmal reicht. Wenn man sich ärgert, aber sich kurz in ein vermeintlich idyllisches Landleben reindenken kann, dann muss man sich schon gar nicht mehr so sehr ärgern. Irgendwann ...

Ich bin ein Träumer und ein „Irgendwann"-Typ. Ich habe mir schon oft vorgestellt, wie ich auf einer gepflegten Terrasse sitze, in einem bequemen Gartenstuhl aus zertifiziertem Holz, die Manufactum-Arbeitshandschuhe auf den Tisch lege, aus einem

PANTONE-7467-C-farbenen Becher vom fair gehandelten Kaffee nippe und zufrieden, nach getaner Gartenarbeit, auf meine üppig blühenden und duftenden Rosen schaue.

Nun ist Marc eher ein Macher als ein Träumer. Sonst gäbe es Otto nicht in unserem Leben, hätten wir kein Kastenwagen-Wohnmobil und ein Haus schon gar nicht.

Wenn Träume schlagartig zu Realität werden sollen, wird mir erst mal angst und bange. Wie – *jetzt*? Wie soll das gehen? Da muss man doch ganz viel vorbereiten, ändern, sich fortbilden und überhaupt – wir haben doch gar keine Zeit!

„Irgendwann ziehen wir aufs Land, ja?", äußerte ich einmal wieder. Die Dauerbaustelle nebenan nervte, ein Klavierschüler weiter oben in unserem Haus mit den papierdünnen Wänden übte zum einhundertsten Mal erfolglos den Anfang von „Freude schöner Götterfunken".

„Wann willst du denn aufs Land ziehen?", fragte Marc lauernd.

„Ja, pffffft, ich weiß doch noch nicht mal, wohin ich gern ziehen würde."

Es war Oktober, und wir begannen zu überlegen, wo wir uns vorstellen könnten, zu leben und alt zu werden.

Ein altes Haus sollte es sein, keine neue Bodenversiegelung, kein gelecktes Neubaugebiet, Häuser in Reih und Glied, wo der eine dem anderen auf den Teller gucken kann. Wir wollten auch kein „Handwerkerobjekt", an dem wir noch jahrelang amateurhaft selbst hätten herumsanieren müssen. Zumal wir beide schon Anfang fünfzig sind, da hat man ja schon Rücken und andere Zipperlein.

Ein Garten sollte es sein – Marc stellte sich schon Heimwerkerprojekte vor, ich träumte von Gemüsebeeten und bienenfreundlichen Blühstreifen.

„Im Osten ist alles irgendwie entspannter und freier", sinnierte ein Freund, und wir stellten fest, dass es genau das war, was wir beide wollten. Also ab in den wilden Osten.

Wir fuhren im Novemberregen nach Brandenburg. Und verliebten uns gleich bei der ersten Hausbesichtigung. Ins Dorf mit seinem kleinen, von Efeu berankten verwunschenen Schloss aus rotem Backstein, eigentlich ein Herrenhaus, mit der mächtigen alten Eiche im Schlosspark, dem Schlossteich, in dem zwei Schwäne ihre Bahnen zogen. Mit Backsteinhäusern, Fachwerk, zwischendrin etwas auf den ersten Blick charmanter Verfall. Stellenweise Kopfsteinpflaster. Keins dieser schnurgeraden Brandenburger Straßendörfer, geduckte Häuser, ewig breiter Fußweg. In Felder, Wald und Wasser. Ins Haus und in den wilden Garten.

Das kam uns alles höchst unwahrscheinlich vor. Es musste einen Haken geben. Wir wollten alles richtig machen – ich hatte wirklich viele Folgen von „Die Schnäppchenhäuser" auf *RTL2* geschaut, wo man aus der Ferne wohlig schaudernd betrachten kann, wie sich Menschen zweifelhafte, kraft- und geldzehrende Bauprojekte antun. Wir kamen also wenige Tage nach der Besichtigung mit einem Baugutachter vorbei, und der hatte nichts Wesentliches auszusetzen. Wir fragten vorsichtig nach, warum unsere Vorbesitzerin das Haus verkaufte. Sie zöge zu ihren Kindern nach Bayern, sagte sie, allein könne sie in dem großen Haus nicht mehr wohnen. Es klang wehmütig. Traurig, aber für uns eine Erleichterung: Anscheinend spielten keine Gründe wie Nachbarschaftsstreitigkeiten oder ein geplanter Straßenausbau eine Rolle. Marc studierte Bebauungspläne, Katasterauszüge, ich recherchierte zu möglichen Reizbegriffen im Zusammenhang mit dem Dorfnamen, der Gegend. Aber nein, einen großen Windpark gibt es schon ein paar Kilometer weiter, es steht auch kein Autobahnausbau an. Unser Grundstück grenzt an ein Naturschutzgebiet. Es gibt auch keine Hochwassergefahr durch einen Fluss oder Bach in der Nähe.

Ein paar Tage Kribbeln, wie Verliebtsein. Warten auf ein Zeichen, nicht wagen zu hoffen, sich doch beim Hoffen ertappen. Dabei, wie ich in Gedanken schon die Räume einrichtete. Wir bekamen den Zuschlag.

Die Eltern äußerten Bedenken, unsere Freunde beglückwünschten uns, einer rief, dafür umso entschiedener: „Ihr seid ja bekloppt!"

Fast ein Jahr verging. Trotz aller Vorbereitungen erschien mir unser Umzug bis zuletzt fern und unwirklich. Und wenn ich die Vorstellung, in einem Dorf zu leben, an mich ranließ, war diese etwas bedrohlich. War das die richtige Entscheidung? Es gab keinen Weg zurück nach Berlin, wir könnten schlicht keine bezahlbare Wohnung mehr finden. Würden wir das schaffen mit Haus, Hund, Garten und den Hühnern, die unsere Vorbesitzerin uns zu überlassen gedachte? Würden die Nachbarn uns gut aufnehmen, würden wir Freunde finden? Uns ganz bald beide arg auf die Nerven gehen? Nähe und Zu-zweit-Isolation kannten wir zumindest schon vom Homeoffice und aus Pandemiezeiten.

Erst als siebzig Umzugskartons Einzug hielten, wurde der Schritt greifbarer. Planen, organisieren, räumen, träumen und streiten. Den Welpen versorgen, liebhaben und erziehen, nicht zu vergessen. Wobei wir die Erziehung in diesen Tagen vernachlässigten. Ich bastelte kleine Papiermöbel, die ich auf Grundriss-vergrößerungen hin- und herschob. Aufbruchstimmung, wieder so ein Kribbeln, Ungeduld und auch Zuversicht.

Auf einmal fand alles zum letzten Mal statt, was weniger dramatisch war, als es klingt. Gute Freunde treffen, die uns bestimmt bald besuchen würden. Noch einmal shoppen. Und noch einmal der vermurkste Anfang von „Freude schöner Götterfunken" …

Da sind wir nun, es ist wieder Oktober. Das Haus ist groß und es ist leer – die Möbel und Kartons kommen erst eine Woche nach uns. Wenigstens haben wir den Küchentisch und die Stühle übernommen. Den Rest improvisieren wir aus unserem Campingfundus. Der Wagen hat zum Glück auch einen Kühlschrank, so pendeln wir nun mehrmals am Tag Saft, Butter, Käse, Joghurt balancierend zwischen Wagen und Haus durch den Garten.

Wir putzen und malern uns durch jeden Raum, die Matratze wandert vom Wohnzimmer in die Küche ins Arbeitszimmer. Marc sieht mit seinen mattweißen Farbflecken im Gesicht und auf den Klamotten aus wie eine neue Spezies Albinomarienkäfer und flucht über die Abkleberei wegen der Balken. Ich breche den Schrubberstiel gleich an den ersten Fliesen ab und ekle mich vor Spinnweben, toten Insekten, dem Staub von Generationen auf Querbalken und den Hinterlassenschaften in den Ecken, alte Hundespielzeuge, Haargummis, Wattestäbchen und so fort.

„Lass das doch mit deinem Perfektionismus, wird doch sowieso wieder dreckig", ruft Marc.

„Ja, aber dann ist es *unser* Dreck."

Otto tollt derweil munter durchs Haus, ihm ist es ganz egal, ob es Möbel gibt oder nicht, ob es schmutzig oder blitzblank ist, ob wir unsere Klamotten seit Tagen nicht gewechselt haben. Hauptsache, wir sind da.

Der Kleine entdeckt den Garten, erst an der Leine. Nach einem ausgiebigen Rundgang klinken wir ihn aus. Er schaut kurz ungläubig, dann sprintet er los, auf seine ulkige, leicht schräge Riesenbaby-Art. Die Ohren wehen. Freiheit!

Vollbremsung bei den Hühnern, da muss er doch prüfen, ob er nicht irgendwie in den Auslauf gelangen könnte, um was auch immer mit den Hennen anzustellen, nichts Gutes im Zweifel.

Wir ackern von morgens früh bis abends, und als ich mit dem Großputz nach ein paar Tagen fürs Erste fertig bin, nehme ich die viertausend Quadratmeter Garten in Augenschein und merke, dass es schon Laub zu harken gibt und ich ohnehin die Gemüsebeete damit abdecken müsste. Und vorher jäten. Die Papiermöbel müsste ich auch noch mal umkleben auf den Grundrissen, ich hatte bei der provisorischen Verteilung nicht an die Fachwerkbalken gedacht.

Abends nach dem Essen kippen wir von unseren Stühlen auf die Matratze und schaffen es höchstens noch, auf dem Tablet Nachrichten zu schauen.

Eine Bekannte aus Berlin ruft an, wir telefonieren kurz und sie stellt so eine Stadtfrage, die ich auch immer gern zum Ausleiten eines Gesprächs benutzt habe: „Und, habt ihr noch was vor heute?"

Ich spare mir die Gegenfrage, was in Gottes Namen wir hier im Dorf abends noch vorhaben könnten, „nur Essen und Fernsehen", sage ich.

Marc sagt: „Du siehst so aus, wie ich mich gerade fühle."

„Das heißt?"

„Völlig fertig."

So viel zur frischen Landluft, die rote Wangen macht.

Otto ist unbeeindruckt, ihm scheint die Landluft bestens zu bekommen, er will kuscheln, spielen und gern auch noch mal austreten.

Wir liegen da, kurz vor dem Wegdösen, gucken an die fast perfekt gemalerte mattweiße Wohnzimmerdecke und halten uns an den Händen.

Marc meint: „Das wird schon alles werden."

Ja, das glaube ich auch. Ein bisschen ist es auch wie ein Abenteuerurlaub. Wann zieht man schon mal mit einer Matratze von Raum zu Raum? Wenn der Hund nur nicht so laut schmatzen und schniefen würde im Schlaf. Und wann hat man schon mal die Gelegenheit, jeden Tag über sich hinauszuwachsen und abends körperlich zu spüren, was man geschafft hat? Möglicherweise sind wir durch unsere Homeoffice-Schreibtischarbeiten auch einfach Weicheier.

Tag sieben. Es nieselt leicht. Ich sitze im tiefen Campingstuhl auf der Terrasse, immerhin überdacht, in fleckiger Jogginghose und nicht minder schmieriger Softshelljacke. Mir fällt auf, dass ich am Morgen schon wieder vergessen habe, mir die Zähne zu putzen. Ein Spatz kackt mir vom Gebälk aus auf die Schulter, wie ich matt registriere. Ich trinke lauwarmen Kaffee aus einem angeschlagenen Kaffeebecher aus der Wagen-Ausstattung, auf dem steht: *Bonn ist nicht mehr scheiße.*

Marc kommt um die Ecke und sieht wie ich aus wie ein

Flodder, wir lächeln uns an, und er prostet mir mit seiner Bier-flasche zu.

Otto kommt aus irgendeiner Ecke des Gartens angeschossen und springt turbowedelnd an Marc hoch.

„Ist ja gut, hab dich auch lieb", sagt der und krault den Kleinen unterm Kinn.

„Morgen kommen endlich die Möbel!", ruft Marc freudig aus.

Gerade fing das Provisorium an, mir Spaß zu machen.

*

Probezeit

Es ist Mitte November, der erste Schnee liegt wie eine Puder-
zuckerschicht auf unserer Wiese. Heute ist Jagdmesse.

Vor sechs Wochen sind wir aus Berlin in die Prignitz gezogen,
mit Hundekind Otto, der nun schon sechs Monate alt ist und
fast vierzig Kilo wiegt.

Wir hatten keinen Plan. Nicht von Hundeerziehung, nicht von
Ölheizungen und Sickergruben, vom Holzhacken oder Kamin-
anfeuern oder Hühnerhalten.

„Das wird sich schon einspielen", sagte Marc unbeeindruckt.
Es gibt ja Google und YouTube.

Die Zeit verging wie im Flug, da es immer was zu tun, zu
lernen und zu entdecken gab. Ein Monat war vorbei, und ich
kam mir vor wie mitten in einem völlig irren Langzeitprojekt.
Einen Monat ackern, mit Energie und Elan, manchmal auch Ver-
zweiflung und Erschöpfung. Es fühlte sich richtig an.

Der Kleine ging in die Hundeschule, Marc konnte inzwischen
Holz hacken, als hätte er nie was anderes gemacht, und ich
freundete mich mit den Hühnern an, die inzwischen alle Namen
trugen. Ich beobachtete Marc und dachte: Dieses Haus und die-

ser Garten haben geradezu auf ihn gewartet. Er kümmerte sich gerade um die Haustechnik, legte Kabel durch alte Rohre, bohrte, dübelte und sägte und redete dabei von der automatischen Hühnerklappe, die er bauen wollte; ich meine, seine Augen leuchteten.

Jeder Tag war Improvisation, aber war das schlimm? In meinem trügerischen Wohlbefinden lauerte ich auf einen Dämpfer.

Nicht ganz zwei Wochen später schaute ich aus dem Küchenfenster und beobachtete Otto, der draußen herumstromerte. Und was sollte ich jetzt machen? Im Garten konnte ich nichts tun, der Boden war gefroren. Mein Gartenjahr-Buch meinte, ich müsste mindestens Laub rechen, Beete vorbereiten, dies und jenes beschneiden und nicht winterharte Pflanzen reinholen.

Ich kapierte allmählich, dass die Improvisation unser neuer Alltag war.

Gedanken stellten sich ein, die in den letzten Wochen noch nicht durchgedrungen waren: Wir schaffen das alles nicht, es ist zu viel. Und: Ist ja schön hier, aber brauche ich das jeden Tag?

Man müsste solche krassen Tapetenwechsel mit einer Probezeit von drei oder sogar sechs Monaten versehen. „Haben Sie sich geirrt? Oder übernommen? Dann kündigen Sie Ihr Land-Abo, bevor Ihre Probezeit abläuft, kein Problem."

Danke, nettes Experiment, aber setzt mich jetzt bitte wieder ab in meiner hellen, sauberen, aufgeräumten, pflegeleichten Stadtwohnung. Mit Hausverwaltung, überschaubaren Aufgaben und bloß ein paar Balkonpflanzen. Kein Mülltonnen-Rausschieben, Hühnerstall-Ausmisten, kein Kontrollblick jede Viertelstunde, ob das Kaminfeuer noch brennt. Ohne täglich neue Spinnweben, Kaminasche, die sich an Wand und Decken verewigt und Regale mit einer schwarzen Schicht überzieht, ohne Wanzen im Schlafzimmer, ohne Geräusche in Zwischenwänden und in der Decke, ohne ständigen Sand und Modder in der Bude. Ohne Gedanken an die gewaltige Natur, die uns zuwuchert. Ausschlafen. Machen, was ich will, einkaufen, wann, wo und was ich will, Freunde treffen auf ein Bier oder auch zwei.

Ich guckte raus, der Himmel hellte sich auf, Gras, Blätter, Zweige unter Raureif, das hatte was. Warum musste ich immer alles überprüfen, in Frage stellen?

„Du machst dir zu viele Gedanken", stellte Marc fest.

Aber ja, ich *weiß* das doch alles: Ich sollte weniger Pläne machen, die Tage nicht so vollpacken, dass ich ohnehin nicht alles schaffen kann und mich gehetzt fühle. Unzureichend.

Ein paar Tage zuvor hatte es geklappt, ein kompletter Sonntag, ohne etwas Nützliches zu tun. Freunde aus Berlin waren zu Besuch, wir hatten einen Rundgang durchs Haus und durch den Garten gemacht, waren spazieren bei schönstem Sonnenschein, hatten einfach nur herumgesessen bei Kaffee und mitgebrachten echt französischen Buttercroissants, später bei ersten Weihnachtsplätzchen, die nach Kindheit rochen und schmeckten. Ich war hier noch nie so entspannt gewesen.

Das war doch die Lösung: Zeitfenster, für mich. Einfach mal ambitionslos geradeaus gucken, eine Folge Netflix, eine Radtour, Sockenstricken oder ein Puzzle.

„Ich brauch 'nen Wellnesswochenende", sagte ich, halb im Scherz.

„Mach das doch", meinte Marc, „ich komme hier schon zurecht."

Das zu wissen, war eine Erleichterung. Auf der anderen Seite fragte ich mich: Wenn er gut allein zurechtkam, wieso gelang mir das noch nicht mal, wenn wir hier zu zweit waren?

War das normal, so ein „Rückfall" nach ein paar Wochen? Würde das wieder weggehen? Ich könnte die Nachbarn fragen. Was wir bisher mitbekommen hatten: Es schien noch kein Neuling hier das Landleben wieder aufgegeben zu haben – oder das hatte uns keiner erzählt.

Die Nachbarn tun jedenfalls alles dafür, damit wir uns wohlfühlen und einleben und betonen immer wieder, wie schön es sei, dass wir nun hier sind.

Wir sind eine bunt gemischte Ansammlung von Einheimischen und Zugezogenen. Nicht ganz vierzig Menschen leben hier und deutlich mehr Tiere. Da gab es mehr Nachbarn in unserem Wohnblock in Berlin. Hier fällt es sogar mir – mit kleinen Anlaufschwierigkeiten – leichter, mir die Nachbarn einzuprägen, sie sind ja auch konkurrenzlos: Bis auf den Postboten kommt sonst kaum jemand vorbei, manchmal Touristen, bestimmt mehr im Sommer.

Wir hatten die Sorge gehabt, dass es einen Dorfnazi geben könnte oder mehrere. Was man so liest bei Juli Zeh und anderen. Oder, deutlich weniger schlimm, aber sicher nervig auf Dauer, Nachbarn, die einen schief angucken und tuscheln, wenn der Rasen im Vorgarten eine bunte Wiese ist.

Wer wohnte also wohl in dem windschiefen Häuschen, auf dem Grundstück, das an unseres grenzt? Otto hatte sich bisher noch nicht mal vorbeigetraut, weil da ein Schäferhund immer so laut bellte und es außerdem manchmal aus dem Hintergrund meckerte.

Wir klopften zaghaft an das Holztor. Dahinter bellte es wieder eindrucksvoll, Otto ging hinter Marc in Deckung. Das Tor öffnete sich einen Spalt.

„Haltet bitte den Bock zurück!", rief eine Stimme, eher heiter. Wir ließen den Ziegenbock nicht raus und quetschten uns stattdessen samt Otto in den Garten.

„Bella, sitz!", rief die Stimme, und eine Schäferhündin setzte sich vorbildlich hin, Otto duckte sich vor ihr, machte sich so platt wie möglich, Vorderpfoten ausgestreckt, Hintern in die Höhe – es war gleich klar, wer die Chefin war.

Die Stimme gehörte zu einem Mann, dessen Gesicht von Leben und Lachen zeugte, Typ Seebär mit grauweißen Locken und vollem Bart. Er steckte in Gummistiefeln, Jeans und verblichenem Karohemd und winkte uns mit seiner freien Hand auf seine Terrasse, in der anderen Hand einen Kaffeebecher und im Mundwinkel eine Selbstgedrehte. Uns fiel ein Stein vom Herzen.

Sein Garten wirkte durchdacht wild, es blühte noch einiges, es duftete, von irgendwoher plätscherte Wasser, mittendrin standen abstrakte Metallskulpturen in unterschiedlichen Roststadien, welche so klein wie Gartenzwerge, welche so hoch wie Türen. Sammler oder Künstler.

Der heitere Mann brachte den Bock in den Stall, stellte sich als Christian vor und bot uns Kaffee an. „Den Nazi gab es", erzählte er, „der ist aber vor ein paar Jahren gestorben."

Er selbst sei vor Jahrzehnten aus Berlin gekommen, habe das Haus seiner Großeltern verkaufen wollen, sei aber hier hängengeblieben.

Wir beobachteten die Hunde, die sich beschnupperten. Bella stand auf, Otto trottete ihr hinterher.

„Ich glaube, er ist verliebt", sagte ich.

Wir verabredeten uns zum Gassigehen und gingen froh nach Hause.

Vor unserem Umzug hatte ich die romantische Vorstellung gehabt, bei allen Nachbarn mit Kuchen vorbeizugehen, um uns vorzustellen. Das ging komplett unter im Ankommen und Einrichten. Ist aber nicht schlimm. Man trifft ja alle mal auf der Straße.

Gegenüber wohnt Frau Fischer, windschief wie ein knorriger alter Baum, verwurzelt im Dorf. Sie wirkt manchmal etwas abwesend, freut sich aber immer, wenn Otto auf sie zuspringt, dann erinnert sie sich an ihre früheren Hunde. „Ich kann keine mehr haben", sagt sie.

Frau Fischer ist mindestens achtzig, hat eine Brille in Glasbausteindicke und fährt noch Auto. Und das sogar fast täglich, man sollte sich dann von der Straße fernhalten. Es ist ein Vor und Zurück, Gas, Bremse, ein Aufjaulen und Abwürgen, ein Startprozess, der schon mal zehn Minuten dauern kann und auch die Grasstreifen links und rechts mit einbezieht. Im Wegfahren winkt Frau Fischer mit spitzbübischem Grinsen. Bisher ist sie immer zurückgekehrt.

Schräg gegenüber wohnt Familie Schulz, die Geflügelzucht betreibt; aus meinem Arbeitszimmerfenster blicke ich auf die frisch geschlachteten und nun aufgehängten Weihnachtsgänse.

Und neben uns auf der anderen Seite, hinter einem verwilderten, unbewohnten Grundstück, lebt Anni, eine zierliche

Person mit halblangen blonden Haaren und vielen Sommer-
sprossen, die in ihren Gummistiefeln zu versinken scheint. Anni
ist etwa so alt wie wir, sie kommt aus Hamburg und lebt hier
fast so lange wie Christian, der, wie sie mich aufklärt, von allen
Christo genannt wird, wegen seiner Gartenkunst aus Altmetall.
Wir treffen uns das erste Mal, als sie gerade mit dem Rad unterwegs ist, um Eier zu holen, wir verquatschen uns auf der Straße. Sie erzählt gleich, dass sie mal mit Christo zusammen war,
sie aber als Freunde besser funktionieren würden – so war sie
dann zwei Häuser weiter gezogen. Wir verabredeten uns zum
Kaffeetrinken.

„Und zur Jagdmesse müsst ihr kommen", rief sie noch.

Religion und Jagd, jetzt nicht *so* meine Lieblingsthemen,
Marcs auch nicht, aber wir waren uns einig, dass wir, die Neuen,
uns wenigstens mal blicken lassen sollten. Und das war bestimmt
eine gute Gelegenheit, weitere Nachbarn kennenzulernen.

Dann gibt es noch Fred, Landwirt aus der Stichstraße, der mit
seiner Hündin des Wegs kam und mit uns am Tor plauschte.

„Die Buletten sind da!", rief er fröhlich. „Es war schon Dorf-
gespräch, dass ihr kommt."

So hatte uns schon unsere Hausverkäuferin genannt, ist hier
üblich, wie uns Christo aufklärte, um zu ergänzen: „Und das
bleibt auch so."

In Berlin war ich auch nach mehr als zwanzig Jahren auf keinen Fall einheimisch. Zugereist aus Westdeutschland. Was ja
zumindest zutraf. Nun sind wir in Brandenburg also ausnahmslos die Buletten, und ich möchte jedes Mal rufen: Wie kann das
sein? Nennt mich von mir aus Pottler, denn da komme ich her.
So wie die Currywurst.

Fred trägt immer Blaumann, und so verwechselte ich ihn in den ersten Wochen ausdauernd mit Herrn Schulz, der auch täglich im blauen Overall unterwegs ist. Ich fragte Fred also, ob wir wohl eine Weihnachtsgans bei ihm kaufen könnten.

„Ne, aber bei Schulzes kannst du fragen. Wir haben nur noch Kaninchen", entgegnete Fred und blickte leicht verwundert.

„Weihnachtskaninchen, ne ...", während ich das aussprach, fiel mir auf, dass wir ziemlich genau diesen Dialog schon ein paar Tage zuvor geführt hatten.

„Wir hatten dieses Gespräch schon, oder?"

„Macht ja nix, jetzt weißt du ja Bescheid", sagte Fred und lachte.

Auch wenn er mich womöglich für leicht meschugge hielt, bot er uns gleich Hilfe an und hat mit Marc schon eine Ladung Laub in den Wald gefahren, er hat einen Pritschenwagen.

Überhaupt stellen wir fest, dass die Leute hier einander viel helfen, miteinander reden (und übereinander wissen). Ob Leiterverleih, Heizungsproblem oder Wasserschaden, hier gibt es für jede Herausforderung jemanden, der sich auskennt oder zumindest versucht zu helfen.

Dazu wird rege getauscht, das kannten wir schon gar nicht. Marmelade gegen Tomaten, Strom gegen Saft, Huhn gegen Pferdemist. Wir bekommen als Willkommensgruß Nüsse geschenkt, Pflanzen und Kuchen, und es ist mir unangenehm, dass wir noch nicht viel beizutragen haben, genauer gesagt: nichts.

Wir hören die Glocken der Schlosskapelle scheppern, die Jagdmesse scheint vorbei zu sein, die Jagdsaison eröffnet. Also los.

Anni und Christo schenken Bier aus, Fred verkauft Bratwurst.

Die Jagdgesellschaft löst sich schon auf, Menschen in jäger-grünen Jacken und Funktionskleidung, Jagdhunde, darunter auch ein Dackel, da ist Otto skeptisch. Der Dackel kläfft ihn kurz an, und Otto dreht ihm den Hintern zu. Guter Junge.

Wir sitzen um eine Feuerschale und lernen Arthur kennen, Nachfahre des Gutsherrn, der zuletzt im Schloss gelebt hatte. Arthur ist im Schloss geboren, hat aber sein halbes Leben in Norddeutschland verbracht und ist erst vor einigen Jahren, nach seiner Pensionierung, ins Dorf zurückgekehrt. Er lebt nun in einem Seitenflügel und kümmert sich um den Erhalt des Ge-bäudes und des Schlossgartens. Ihm gehört ein großer Teil des Waldes rings um unser Dorf. Arthur ist klein und kugelrund, Typ Danny deVito, sein Kopf eine blitzblanke Billardkugel. Er sitzt am Feuer in Jeans, hellblauem Hemd und kariertem Jackett, mit Flicken auf den Ellbogen, zurückhaltend, aber interessiert, er spricht leise und schaut aus wachen hellen Augen.

Wir trinken Bier, und irgendwoher taucht ein offenbar un-erschöpflicher Fundus Rotkäppchen-Sekt auf. Otto ist auf-gedreht, und Marc geht mit ihm nach Hause. Wir sitzen noch ein bisschen beim Sekt und erzählen; aus Beschnuppern wird ein reger Austausch, der Alkohol mag helfen. Arthur schmun-zelt über meine Scherze und ist mir auf Anhieb sympathisch.

Es ist spät, Anni hakt mich unter und wir gehen fast gera-den Schrittes kichernd heim. Bei ihrem Haus angekommen, be-schließen wir, noch einen Absacker zu trinken. Die Probezeit kann mich mal, zumindest heute Abend, ich möchte mein Land-Abo bitte verlängern.

*

Anfängerrasse

Anfängerrasse, von wegen. So hatte Marc mir Ottos Adoption schmackhaft gemacht. Leonberger gelten als freundlich, friedlich und gelassen. Nach den ersten Monaten mit dem Kerlchen würde ich eher sagen: offen, neugierig, frech, impulsgesteuert und wild, verspielt und verschmust. Von wegen gelassen.

Nun ist Otto immer noch ein Kind, er wird also bestimmt noch ruhiger und entspannter, daran muss ich ganz fest glauben. Ist er schon mit seinen derzeitigen vierzig Kilo, seiner Kraft und seinem Übermut kaum zu halten, so wird er ja noch dreißig bis vierzig Kilo zulegen. Das ist jetzt schon nichts für Anfänger, zumindest körperlich, eher für Gewichtheber oder professionelle Tauzieher. Und Leinenführigkeit ist das A und O, ich weiß.

Ich weiß auch, dass es in der Regel ein „Anwenderfehler" ist, wenn was nicht klappt bei der Erziehung. Wir verhalten uns zwar wie besorgte Eltern und wuseln ständig um Otto herum, verfolgen jedes Niesen, jeden Schluckauf und jede Nuance seiner Flatulenzen aufmerksam, kommentieren und recherchieren, das Thema Erziehung haben wir aber zwischendurch vernachlässigt.

Als der kleine Hund Ende August bei uns eingezogen war und auch unser Umzug aufs Land kurz bevorstand, hatte ich beschlossen, weniger zu arbeiten, Elternzeit sozusagen. Diese ging aber auch fürs Organisieren und Packen drauf, für letzte Treffen mit Freunden, letzte Arztbesuche (auf dem Land gibt's ja immer weniger Ärzte, wir waren gewarnt). Die Welpenschulen waren voll, und das lohnte sich wahrscheinlich für die wenigen Wochen ohnehin nicht. Immerhin hatten wir schon Kontakt mit einem Hundetrainer in unserer künftigen Umgebung aufgenommen.

Natürlich hatten wir uns eingelesen und Videos geschaut, wobei meine Merkfähigkeit diesbezüglich begrenzt ist.

Das Thema „Stubenreinheit" klappte ganz gut, wenn auch natürlich nicht so, wie wir es uns vorgestellt hatten. Marc hatte auf dem Balkon aus einem Stück Kunstrasen und einem Rahmen aus Holzlatten eine Art Wiese gebaut. Die benutzte Otto ein einziges Mal, vielleicht eher zufällig. Ansonsten passierten die kleinen Malheure durchweg auf dem Parkett oder einer seiner Decken.

Man soll den Welpen, sobald er „anzeigt", nach draußen tragen – je nun, erst mal muss man erkennen, wann er muss. Bis wir soweit waren, war es anfangs meistens schon zu spät. Das spielte sich aber ein, und nach ein paar Wochen klappte es richtig gut. Hund wird unruhig, wir gehen mit ihm runter auf die Wiese vorm Haus, Hund erledigt Geschäfte. Dazu sei angemerkt, dass Otto sich die Kunstrasenwiese sehr wohl gemerkt zu haben scheint: Wir haben hier im Haus nun Fliesen im Erdgeschoss, nicht schön, aber gut zu reinigen. Als Otto einmal raus musste und wir es nicht rechtzeitig erkannten, ging er schnurstracks zum Kunstlammfell im Wohnzimmer und erleichterte sich dort. Schlaues Kerlchen.

Auch allein zu schlafen, lernte der Kleine schnell. Die ersten zehn Tage schlief Marc im Wohnzimmer auf dem Sofa, Otto auf seiner Decke. Wir hatten Otto schon beigebracht, dass das Schlafzimmer tabu ist. Ging gut, solange wir in der Nähe waren. Wenn er sich unbeobachtet fühlte, schlawenzelte das Freundchen aber auch mal gern interessiert in der Tabuzone herum. Dem Geruch der Bettwäsche und den Hundehaaren nach zu urteilen, hatte das Biest es sich auch mindestens einmal auf unserem Bett gemütlich gemacht.

Als Marc wieder zurück ins Schlafzimmer zog, ließen wir die Tür zunächst weit geöffnet. Anfangs stromerte Otto zu uns herein, aber wir führten ihn immer wieder raus und zu seiner Decke, und fortan schlief unser kleiner Großer allein. Auch im neuen Haus brauchte das etwas Anlauf – zunächst schliefen wir alle im Erdgeschoss; als Marc und ich ins Schlafzimmer in die erste Etage umzogen, begannen wir, Otto abends nach einer letzten Gassirunde im Garten auf seine Decke im Flur zu schicken – das spielte sich schnell ein.

Es ist schwierig, bezüglich Tabuzonen konsequent zu sein. Immerhin darf der Hund wirklich, wirklich nicht aufs Sofa. Macht er natürlich, wenn er meint, wir bekommen es nicht mit, oder wenn ich im Vorgarten arbeite und er mich vom Sofa aus, die Pfoten auf der Fensterbank, beobachten kann. Kontrollfreak halt. Und er kann natürlich nicht widerstehen, wenn etwas Interessantes ihn anlockt. So fand ich ihn schon malerisch ausgestreckt auf dem Sofa neben einer ausgeleckten Erdnussschüssel, im Maul eine Lindor-Kugel, noch in der Verpackung, er wollte die Folie wohl aufspeichern.

Was wir uns am Anfang alles vorgenommen hatten und wie es nun in der Realität aussieht – wir üben uns in Gelassenheit und ganz viel Wegatmen. Zum Beispiel sollte er keine Schuhe anknabbern. Marc hat seine Gartenschuhe mittlerweile aufgegeben und als Zahnpflegeknupperspielzeug zur Verfügung gestellt. Nachdem Otto meine Schneestiefel mit nur wenigen Bissen unbrauchbar gemacht hatte, stehen liebgewonnene Schuhe auf dem hohen Flurschrank.

Zimmerpflanzen sind auch so ein heikles Thema. Die für den Hund giftigen haben wir ohnehin fast alle weggegeben. Die wenigen verbliebenen stehen im Obergeschoss (einzige wirklich eingehaltene Tabuzone). Im Arbeitszimmer habe ich eine Grünlilie, soll ja gut fürs Raumklima sein. Gar nicht giftig, und ich habe eingesehen, dass es zwecklos ist, Otto vom An- und Abknabbern abzuhalten, auch wenn die Pflanze sich allmählich etwas erbärmlich hängen lässt. Ich habe auch nichts mehr dagegen, dass er meinen Papiermüll aus dem Korb zerrt und alles ausdauernd in kleine Fetzen zerlegt.

Im Garten wollten wir ihm zunächst das Buddeln verbieten, aber da müsste man ihn ständig im Auge haben, und Buddeln gehört anscheinend zu einem erfüllten Hundeleben. Dass er Pflanzen ausgegräbt, verschleppt und zerpflückt, geschenkt. Dass er meinen Kräuterbeetzaun mit seiner Körpermasse einfach niederdrückt, ach ja, dann muss ich den Zaun halt verstärken. Nur auf den Kompost darf er gar nicht, den haben wir inzwischen gut verbarrikadiert.

Es gibt natürlich Wichtigeres als Tabus und Tabuzonen, zum Beispiel Kommandos – und nicht nur „Sitz" und „Platsch" („Klonk" würde inzwischen auch gut passen, so anmutig, wie er sich hinlegt beziehungsweise fallen lässt). Gut, dass er so verfressen ist und man ihn fast immer mit Futter animieren kann. Schnell lernte er auch die Handzeichen zu den Kommandos, ebenso bei „Komm", „Hier", „Warte" und „Bleib". Auf „Nein" und „Aus" hört er auch, wenn er Lust hat.

Das Gassigehen war und ist immer ein Abenteuer. Wir hatten natürlich eine „normale" Leine geholt, keine „Flexileine", bei der der Auslauf auf Knopfdruck abrupt stoppt – das wollten wir Otto nicht antun. Bei den Westberliner Damen mit ihren handtaschengroßen Tieren stellte ich mir immer vor, wie Frauchen auf den Schnapper drückt und der kleine Hund einen unfreiwilligen Salto rückwärts macht. Zumindest sah das immer ganz schön brutal aus und scheint mir auch wenig vertrauensbildend zu sein.

„Einfach machen!", rief Marc, der ganz entspannt mit dem Kleinen loszog, während ich unsicher und verkrampft an der Handschlaufen-Führleine hing und alle paar Meter den völlig unpraktischen Leckerlibeutel verlor.

In der Stadt gestaltete sich schon deshalb jeder Gassigang als Slalomlauf, weil so viel herumliegt, ob Scherben, To-Go-Becher, aus dem Fenster geworfene Essensreste oder Hundekot mit und ohne Tüte; wie viel, das nahm ich deutlich intensiver wahr, seit wir mit Otto unterwegs waren. Volle Konzentration und immer mal wieder der „Schnauzgriff", um dem Kleinen etwas aus dem Maul zu fischen, das er lieber nicht schlucken sollte, ob Kirschkern oder Babywindelreste. Das ist nun bei uns im Dorf viel entspannter, abgesehen von dem Aas, das er schon mal am Waldrand findet, am sogenannten Luderplatz, wo die Jäger Reste von erlegtem Wild liegenlassen.

Otto war und ist voller Lebensfreude, kindlicher Neugier und Spieltrieb – das ist wunderbar, aber macht es nicht immer einfach: Er will halt jeden kennenlernen und bespielen. In der Stadt gab es jeden Tag eine Vielzahl neuer Gerüche und neuer potenzieller Spielkameraden – Hunde sowieso, aber auch Menschen egal welchen Alters, ob groß oder klein, mit Fahrrad oder Rollator, mit Krücke oder Hut. So süß ihn die Meisten fanden – es steht nicht jeder drauf, von einem vergleichsweise riesigen Vieh angesprungen zu werden und dann noch zu hören: „Der will nur spielen."

Auf die Babywochen folgte übergangslos die erste Trotzphase. Damals fing Otto schon an, sich einfach mal irgendwo, gern auch mitten auf der Straße, hinzusetzen oder hinzulegen. *Du ziehst? Nö, ich bleib hier.* Er legte sich auch gern vor die Haustür, und inzwischen legt er sich nach der Gassirunde im Garten ans Tor. *Draußen ist es viel spannender, ich komm sicher nicht mit rein, träum weiter!* Mit den gewöhnlichen Gassi-Leckerlis ist dem sturen Bock dann nicht beizukommen. Da wird nur müde oder desinteressiert das Köpfchen gehoben, wenn überhaupt. Man soll dann geduldig sein und abwarten – funktioniert im Alltag nur bedingt, denn im Zweifel hat Otto mehr Geduld als ich. Marc hob ihn anfangs vor der Haustür hoch und trug ihn rein, aber das ist schon lange nicht mehr möglich und Otto scheint das zu wissen.

„Einfach mal die Leine hinlegen und gucken, was er macht", wird oft geraten. „Und weggehen oder hinter 'nem Baum verstecken, dann kommt er garantiert." Kann man auf dem Land sicher ausprobieren, aber mitten in Berlin? Marc hat's versucht, der Hund lag im Hof, Marc ging ins Haus. Der Hund blieb einfach liegen. Nächster Versuch: Der Hund rannte durch den Hof und auf die Straße. Nicht gut.

Nachdem wir Anfang Oktober unser Haus bezogen hatten, litt die Hundeerziehung gleich wieder, ging oft unter vor lauter Putzen, Malern, Möbelrücken, Auspacken, Einräumen. Zumindest hat Otto hier viertausend Quadratmeter Garten, um sich auszutoben.

Das An-der-Leine-Laufen klappte weiterhin mal so, mal so, ein tägliches Lernen für alle Beteiligten. Merke: Wenn der Hund auf dem Hinweg entspannt an anderen Hunden vorbeiläuft, heißt das nicht, dass das auf dem Rückweg oder bei der nächsten Begegnung auch funktioniert.

Mitte Oktober erschien herbeigesehnter Besuch: Hundetrainer Rolf. Die Welpenschule startete erst wieder im November, aber Rolf wollte sich ohnehin erst einmal Otto in seinem Umfeld ansehen. Rolf sieht aus wie ein Surflehrer und ist auch so grundentspannt, wie ich mir Surflehrer vorstelle.

Gelassenheit gepaart mit klarem Dominanzverhalten gegenüber dem Hund – kommt bei Otto gut an. Der parierte, als hätte er schon Hundeschulenabi. Der Hund ist ein Rudeltier und braucht eine klare Hierarchie, sagte Rolf. Nicht, um ihn zu ärgern, sondern weil klare Rollen dem Rudeltier das Leben erleichtern (und dann auch uns als Mitgliedern unseres kleinen Rudels). Körpersprache: ganz wichtig. Und so hielt sich Rolf gerade und wies den Kleinen bei Bedarf bestimmt in seine Schranken, der zu ihm aufschaute wie zu einer Gottheit.

Wir bekamen Hausaufgaben, „Hier" sollten wir im Garten üben und ein Aufmerksamkeitsspiel mit ihm machen, damit er versteht, dass alles Gute von uns kommt, *wir* entscheiden und er uns als seine „Chefs" also fokussieren soll. Nicht die anderen Hunde, Menschen, Kuhflatschen, Steine und so fort.

„Ihr macht doch schon vieles richtig", rief Rolf zum Abschied. Wollte er uns damit nur bei der Stange halten? Eine Tierärztin im Nachbardorf hatte unseren Kleinen allerdings auch schon gelobt, man würde gleich merken, dass er aus der Stadt sei und wir uns um seine Erziehung kümmern würden – Komplettversager waren wir wohl immerhin nicht.

Als besondere Herausforderung zum Thema Leinenführigkeit und Frustrationstoleranz beschlossen wir, Otto zu einer Schlossführung mitzunehmen. Eine Stunde brav an der Leine laufen, ohne Rennen oder Spielen. Als neue Dorfbewohner wollten wir unbedingt „unser" Schloss auch von innen kennenlernen, und der Schlossführer hatte am Telefon gesagt, wir dürften den Kleinen gern mitbringen. Ich hatte allerdings nicht erwähnt, dass es sich um einen kleinen Leonberger handelte.

„Stop and go" ist nicht so seins, Otto hatte großen Bewegungsdrang, zog mächtig an der Leine, die Krallen schrabbten übers edle Parkett. Der Schlossführer warf verstohlene Blicke auf die Speichelflecken, die das Hundekind auf dem Boden hinterließ. Ob sich Eltern so fühlen? Eine Mischung aus Scham über das eigene schlechterzogene Blag und gleichzeitig über sich selbst, die eigene Unfähigkeit, das Blag zu erziehen. Immerhin hat er nichts kaputtgemacht. Der Schlossführer wirkte erleichtert, als er uns nach einer Stunde verabschiedete.

Dann kam Rolf wieder. Unser Herbstanliegen war: Gartenarbeit mit Otto. Oder besser: trotz Otto. Es lag nah, Laub zu rechen. Sehr viel Laub. Und Otto wollte „helfen". Sobald ich die Schubkarre schieben wollte, baute er sich vor ihr auf. Besen, Rechen, Handfeger – er schien alle Geräte als sein Spielzeug zu betrachten. Spielzeug mit 'ner Holzstange dran, spitze. Wenn ich anfing zu fegen, bellte der Hund den Rechen an, rannte aufgeregt vor dem Ding auf und ab und wollte gern reinbeißen. Sobald ich einen Laubhaufen zusammengerecht hatte, sprang Otto rein, dass die Blätter in alle Richtungen davonstoben. Hatte ich es sogar geschafft, das Laub in die Schubkarre zu heben, zerrte Otto es wieder raus. Ich kam mir vor wie Sisyphos.

Dominanz zeigen und Deckentraining, meinte Rolf. Und sehr viel Geduld, hätte er noch ergänzen sollen. Die ich nicht immer habe, wenn zum Beispiel an einem Regentag kurz die Sonne durchbricht und ich weiß, dass ich wahrscheinlich nur ein sehr kurzes Zeitfenster für die Gartenarbeit habe.

Das Thema „Hilfe bei der Gartenarbeit" hat sich noch nicht erledigt, und ich bin inzwischen unsicher, ob die Arbeitsgegenstände für Otto wirklich Spielzeug sind. Vor größeren Gerätschaften baut er sich auf und bellt sie an, als müsste er einen Feind in Schach halten, er neigt sonst nicht zum Bellen. Kleineres scheint eher in die Kategorie Beute zu fallen. Den Handfeger verschleppt er gern. Wer kann es ihm verdenken, könnte man den doch mit viel Phantasie durchaus für ein struppiges Eichhörnchen am Stock halten.

*

Liebes Haus

Unser Dorf wirkte auf uns von Anfang an idyllisch und einladend. Sogar im Novemberregen, bei der ersten Hausbesichtigung, meinten wir, eine positive Aura zu spüren. Ganz anders kurz darauf, als wir uns ein weiteres Haus anschauten, diesmal im Thüringischen Nirgendwo, und hinterher feststellten, dass wir schon beim Einfahren ins Dorf ein schlechtes Gefühl hatten, das wir aber nicht erklären konnten. Klein, etwas Verfall und Verwilderung, sehr wenige Menschen – das haben wir hier alles auch, aber es fühlt sich anders an.

Nachbarin Anni und ich sitzen an einem grauen Novembervormittag in Fleecedecken eingewickelt auf ihrer Veranda, Kaffeepötte in den Händen. Otto ist bei Marc zu Hause, Annis Pomeranian Flocke döst unterm Tisch. Flocke sieht aus, wie sie heißt: klein, weiß, fluffig. Sie hat sich gerade durch einige Kunststücke ein paar Leckerlis erarbeitet. Sie kann sich auf ihren Hinterbeinen stehend um ihre eigene Achse drehen, was ich mir bei unserem paddeligen Junghund nicht vorstellen möchte, Modell Tanzbär im ersten Lehrjahr.

Und Anni erzählt aus den letzten Jahrzehnten Dorfgeschichte, das, was sie selbst erlebt, das, was sie erzählt bekommen hat. Bestimmt sind auch Gerüchte und Legenden dabei, an der einen oder anderen Stelle leicht ausgeschmückte oder dramatisierte Begebenheiten. So wie wir sie dereinst auch weitergeben werden.

Häuser wurden in Brand gesteckt, ein Mann verschwand, ein anderer hängte sich in seiner Scheune auf, eine Frau wurde von ihrem Mann erschlagen, ein Kind ertrank im Bach, Hunde wurden vergiftet. Viel Alkohol war meistens im Spiel. Eine Frau, die in unserem Haus gelebt hatte, vor langer Zeit, wurde im Garten vom Blitz getroffen, tödlich, so heißt es.

Ich lese zu viele Krimis, mir fallen gleich ein paar mögliche Buchtitel ein, wie „Morddorf", „Düsterdorf" oder „Dorf der Leiden". „Dorf der Leichen" würde natürlich auch passen.

Ich schreibe aber keinen Krimi, und das ist ja schon alles länger her, „na klar, ewig!", wie mir Anni schnell versichert. Mir ist es hier noch nie irgendwie düster vorgekommen.

Wobei die alte Frau Fischer von gegenüber über unser Haus sagte: „Da haben schon viele gelebt …", mit einem Blick, als läge ein Fluch über unserem neuen Zuhause.

Ob ich Anni die Sache mit dem Kristall und dem Salbei erzählen soll? Auf die Gefahr hin, dass sie mich dann für verschroben oder durchgeknallt hält.

„Dieses Haus hat eine starke Energie", hatte unsere Vorbesitzerin gesagt. Genauer gesagt, führe eine Wasserader unter dem Haus entlang. Damit wir künftig in Ruhe schlafen könnten, sollten wir die Position ihres Bettes fotografieren und einhalten. Ich hörte mir das an, nickte verstehend und lächelte in mich hinein, jaja, Energie. Was der Bauer nicht kennt, das frisst er nicht.

Darüber hinaus müsste der kleine Bergkristall im Wohnzimmer an exakt derselben Stelle hängen bleiben. Für fünfhundert Euro würde sie ihn uns gern überlassen. Marc schüttelte nachher entschieden den Kopf. Ich geriet ins Grübeln. Es muss ja nicht alles falsch sein, was ich nicht kenne, was ich nicht begreife. Ich werde sicher nicht selbst mit einer Wünschelrute durch Haus und Garten laufen, aber wer weiß ... Ich recherchierte, und tatsächlich werden solche Kristalle in allen Preisklassen zum Kauf angeboten und ihnen werden die tollsten Kräfte nachgesagt. Es handelte sich also nicht zwangsläufig um eine Abzocke.

„Der hier hat mich sogar achthundert Euro gekostet", hatte die Vorbesitzerin gesagt und auf den Anhänger an ihrer Kette gewiesen.

Natürlich kaufte ich den Kristall. Er hängt im Wohnzimmer in seiner Ecke, und unser Bett steht genauso dort, wo das Bett der Vorbesitzerin stand.

Sie gab mir noch den Tipp, mit weißem Salbei durch alle leeren Räume zu gehen. Das Ritual soll das Haus von den Energien der Gegangenen reinigen, soll eine Verbindung zwischen dem Haus und seinen neuen Bewohnern herstellen. Wobei Letzteres auch meiner Phantasie entsprungen sein kann.

„Am besten in den Raunächten", fügte sie hinzu.

Raunächte, haha, jetzt wird's ja immer merkwürdiger, war mein erster Gedanke. Ich schlug das nach: Diese elf Tage und zwölf Nächte „zwischen den Jahren" sind nicht etwa aus Aberglauben entstanden, sondern wegen Abweichungen in den Kalenderjahren, die vor langer Zeit noch nicht durch Schaltjahre ausgeglichen wurden, daher die „Nicht-Tage" am Ende eines, am Anfang des nächsten Jahres. Die Menschen glaubten, dass sich in dieser Nicht-Zeit die Pforten zur „anderen Welt" öffnen, die Kobolde herauskommen und ihr Unwesen treiben würden. Deshalb der heute noch weit verbreitete Usus, „zwischen den Jahren" keine Wäsche zu waschen – die Kobolde könnten sich in der aufgehängten Wäsche verfangen. Ich bin gleich bei *Stranger Things* und diversen Marvel-Filmen. Portale zu anderen Welten, das ist ja genau meins, fiktiv zumindest.

Den Salbei hatte ich schon, denn meine frühere Physiotherapeutin ist nebenbei Schamanin und hatte mir schon beim letzten Umzug zum Ritual geraten. Ich hatte den Salbei zwar bestellt, aber den Karton dann bloß ins Regal geschoben.

Also gut, Marc ging mit Hundekind Otto Gassi, die lange Runde, ich beschloss, dass das ein guter Zeitpunkt wäre, man soll ja allein sein, wenn man mit dem Salbei durchs Haus schreitet. Es war zwar noch Herbst, aber auf die Wochen des Jahreswechsels wollte ich nicht warten. Wir waren schließlich hier, da wurde es doch Zeit für eine freundliche Verabschiedung alter Energien und einen Neuanfang. Außerdem schlief ich schlecht, also los, wo ich doch den Salbei ohnehin im Regal hatte.

Hoffentlich würde ich nicht das Holzgebälk in Brand stecken und das ganze Haus abfackeln. Aber der große Salbeiknubbel glomm nur. Ich schritt durch alle Räume, bei geschlossenen Fenstern. Ich hatte eine kleine Ansprache an unser Haus vorbereitet, sicher ist sicher, die ich mantraartig wiederholte: „Liebes Haus, wir sind jetzt hier, wir meinen es gut mit dir, bitte sei auch gut zu uns." Es roch scheußlich. Ich riss alle Fenster auf und ging in den Garten, auf eine Zigarette. Ich rupfte etwas Giersch. Das Haus musste mein Tun und Reden womöglich verarbeiten, also ließ ich ihm etwas Zeit. Dann kam ich wieder, schloss die Fenster und stellte fest, dass es immer noch scheußlich roch. Ich ging mit Rosenwasser durch alle Räume, der Duft verflog sofort, ich ging mit dem Bio-Zitrusraumspray hinterher. Der etwas aufdringliche Geruch hielt sich leider eine Woche in den Räumen.

Ich schlief weiterhin schlecht. Mit Blick auf unsere Kleiderschrankrückwand, drei Meter fünfzig breit und zwei Meter fünfzig hoch. Wegen der Schrägen und Querbalken im Schlafzimmer hatten wir nur die Möglichkeit gehabt, den Schrank in der Mitte des Raumes, genau zwischen zwei Balken, aufzubauen. Zum Glück hat er Schiebtüren. Wir wollen einen Vorhang einziehen, sodass der vordere Teil des Schlafzimmers ein begehbarer Kleiderschrank wird, der hintere das eigentliche Schlafzimmer, dann schauen wir halt auf den Vorhang. Haben wir noch nicht geschafft. Ich gebe zu, ich habe mich inzwischen an den Blick auf die Pressholzwand gewöhnt.

Als ich einmal wieder wach lag, kam mir der Gedanke: Was, wenn der mitten im Weg stehende Kleiderschrank den Kristall blockiert? Ne, wies ich mich zurecht, wenn diese Wasserader unterm Haus verläuft, sollte das Monstermöbel in der ersten Etage doch wohl egal sein.

Dann besuchte ich zum ersten Mal den nächsten Nachbarort. Dort gibt es nicht viel, aber einen kleinen Kramsladen mit Dekoartikeln aller Art. Beim Stöbern geriet ein auf der Theke aufgestellter Ständer mit aufgehängten Bergkristallen in meinen Blick. Ist ja lustig, dachte ich, sehen genauso aus wie unserer.

„Wie viel kosten die denn?", fragte ich spaßeshalber.

„Stück zwei Euro."

Der Verdacht war sogleich da: Hatte mir unsere Vorbesitzerin ein Zwei-Euro-Ding für fünfhundert angedreht? Nein, das konnte nicht sein, sie hatte wirklich überzeugt gewirkt, als sie von Wasseradern und als wir über den Salbei gesprochen hatten. Aber vielleicht hatte sie ihren teuren Anhänger mitgenommen und uns einen aus dem Kramsladen zurückgelassen?

Mann und Hund schlafen hier super, ich konnte und kann weiterhin nicht durchschlafen. Ich lese ein paar Seiten, schlafe sofort ein und werde zwischen drei und vier Uhr dreißig wach, nicht selten liege ich bis zum Weckerklingeln da und grüble. Manchmal schwitze ich. Es hat ein paar Wochen gedauert, bis mir der zündende Gedanke kam: Wechseljahre. Na klar. Wieso bin ich darauf nicht schon eher gekommen? Wahrscheinlich, weil ich das nicht wahrhaben wollte, wer möchte das schon.

Anni weiß noch einiges von unserer Vorbesitzerin zu berichten, von Heiltinkturen, vom Warzen-Besprechen und von besagten Raunächten, sie sei eine Art Dorfhexe gewesen, Anni kichert. Da sei ja zum Teil schon was dran, räumt sie ein. Aber meine Kristall- und Salbeigeschichte behalte ich lieber erst mal für mich.

*

Klassenclown

Der Welpenkurs startete für Otto im November. Der Kleine war ein halbes Jahr alt und brachte fast vierzig Kilo auf die Waage.

Die Hundeschule ist in der nächsten Kleinstadt, der Platz eine eingezäunte Wiese am Feldrand. Da manchmal mehrere Kurse zeitgleich stattfinden, einer auf der Wiese, einer am Feld, oder der vorherige gerade aufhört, wenn die nächsten schon ankommen, gibt es eine Menge verschiedenster Hunde und zugehöriger Zweibeiner zu sehen, riechen und hören. Und obwohl Otto andere Hunde aus unserem Dorf gewöhnt war, rastete er auf dem Platz schier aus vor Freude, Aufregung und Neugier, als er all die potenziellen neuen Kumpels witterte. Große, kleine, dicke, dünne, schnelle und behäbige, egal.

Hundetrainer Rolf erklärte uns, wie wir die Leine so halten, dass wir auch unser Schwergewicht noch im Griff haben. Man führt sie hinter dem Rücken entlang, knapp unterhalb des Hinterns. Eine Hand liegt seitlich vorn auf Hüfthöhe oder etwas tiefer und hält das Ende der Leine, die andere Hand ist frei und kann Leckerlis geben oder auch mal das Halsband greifen. Auf diese Weise kann man sich, wenn der Hund zieht, in die Leine reinhängen wie in einen Ankerlift beim Skifahren. Funktioniert allerdings nur, wenn man es absolut richtig macht. Hat bei mir ein paar Wochen gedauert, bis ich es raushatte. Geht auch immer mal wieder schief. Je nachdem, wie lang man die Leine lässt oder wie groß das Überraschungsmoment ist – im Zweifel habe ich bisher hier im Dorf eher losgelassen, wenn das Biest lossprang, weil ein Hundekumpel ihm entgegenkam oder Nachbars Kater in aufreizender Langsamkeit über die Straße schnürte. Andere aus dem Hundekurs berichteten von Stürzen und Fingerbrüchen. Aber der Hund soll natürlich nicht lernen, dass er sich einfach losreißen kann, und so arbeite ich weiter täglich am optimalen Griff und an maximaler Wachsamkeit.

Die anderen Hunde im Kurs waren auch noch nicht alle top erzogen – deswegen waren und sind wir ja alle dabei. Bei Otto fällt es bloß mehr auf, wenn er mal wieder wie ein Irrer loszieht oder sich losreißt. Die anderen lachen über unser puscheliges Riesenbaby, wir schämen uns etwas, für uns, nicht für den Hund.

„Kann das sein, dass er schon in der Pubertät ist?", fragte ich und Rolf bejahte.

„Die erste Pubertät", sagte er fröhlich.

Na denn.

„Da kommt ja unser Klassenclown!", begrüßte uns Rolf beim nächsten Mal lachend. Otto zog Herrchen zielstrebig zur Hundewiese, ja, es sah lustig aus. Weil unser Hund diesmal gar nicht aufmerksam war, die ganze Zeit nur zu den anderen Welpen zerrte, durfte er am Ende nicht mitspielen. Zum Schluss lassen wir die Hunde meistens noch fünf bis zehn Minuten einfach rennen und spielen, sie sind nach vierzig Minuten Konzentration ohnehin „durch". Otto musste draußen sitzen und durfte nur zusehen. Er tat mir ein bisschen leid. Zumal er das gar nicht verstehen konnte meines Erachtens. Einsehen wollte er das jedenfalls nicht, bemerkte, dass das Tor verschlossen war und sprintete einmal um die ganze Anlage – auf der Suche nach einem Zugang. Nicht doof.

„Frustrationstoleranz", sagte Rolf, und wir sollten ihn etwas weiter weg von den anderen hinsetzen, um die Situation für ihn erträglicher zu machen – was sogar klappte.

Unsere Hausaufgabe war mal wieder: Leinenführigkeit, Leinenführigkeit, Leinenführigkeit.

In der nächsten Woche drehten wir mit unseren Kleinen Slalomrunden um Pylone, Otto war gut drauf und machte mit. Also durfte er am Ende auch am Freilauf teilnehmen. Er hatte sich mit Windhund Wolle angefreundet, sie spielten Fangen. Properer Leonberger jagt schnittigen Windhund, ein amüsantes Schauspiel. Wolle wartete ein paar Mal auf Otto, sonst hätte der ihn nie eingeholt. Immerhin kam unser manchmal recht cleveres Tier darauf, auch mal abzukürzen, um seinen Kumpel zu erwischen. Schnüffeln, Spielen, nächste Runde. Schön anzusehen, wie die beiden zusammen Spaß hatten.

Die nächsten Male hatten wir viel Einzelunterricht, da noch ein zweiter Trainer vor Ort war. Wir gingen den Feldweg auf und ab und wieder zurück. Wenn Otto zerrte, wechselten wir die Richtung. Wenn er gut mitlief und auch mal aufmerksam aufschaute, gab's Leckerlis.

Schließlich wurde der Schwierigkeitsgrad erhöht: Treffpunkt Parkplatz in der Kleinstadt. Unser Hund war hier im Vorteil durch seine kurze Zeit als Hauptstadtköter. Da kann man ihm nichts vormachen, ob Autolärm oder Kindergeschrei – in Berlin hatte er auf dem Balkon gedöst, während unten die Müllabfuhr zugange war, nebenan der Schlagbohrer oder gegenüber der Laubbläser.

Wir übten manchmal etwas abseits, da wir beim Thema Leinenführigkeit ja immer noch Optimierungspotenzial hatten und haben, um es positiv auszudrücken. Zum Glück war nun auch ein anderes Riesenbaby dabei, ein Ridgeback-Mix, der sich ähnlich impulsiv und trotzig gebärdete.

Ein Aha-Erlebnis war das Laufen mit langer Leine – das klappt meistens sehr gut. Otto läuft prima mit, schaut immer wieder hoch, kommt angelaufen. Das probiere ich seitdem auch jedes Mal beim Gassigehen aus, zumindest, wenn ich die nächsten hundert Meter im Blick habe. Einwandfrei. Kurze Leine ist Mist, aber die Gefahr ist eben zu groß, dass der Kleine im Überschwang jemanden umreißt oder sich auf der Straße ein Huhn schnappt.

Dann ging es mit der Hundegruppe sogar in die Innenstadt, auf den Marktplatz. Aufregend, die kleine französische Bulldogge Uwe zitterte, vielleicht auch wegen der Kälte. Wir sollten die Hunde auf Bänke locken. Während das bei den anderen ein längerer Akt des Bezirzens war, bis es zum Klettern oder zu mutigen Sprüngen kam oder eben nicht, machte Otto bloß einen – für ihn erstaunlich eleganten – Schritt und legte sich auf die Bank. *War was? Was guckt ihr so?* Man braucht ab und zu ein Erfolgserlebnis, danke, Otto.

Parallel zur Vergesellschaftung in der Hundegruppe arbeiten wir natürlich auch bei uns im Dorf an Ottos Umgang mit anderen Hunden. Auch hier, wie könnte es anders sein, mit wechselhaften Ergebnissen.

Natürlich kennt er inzwischen alle anderen Hunde im Dorf, und wir wissen auch, auf welchen er wie reagiert. Oschi, der Streuner, interessiert ihn zum Beispiel nicht besonders. Oschi, auf kurzen Beinchen unterwegs, schwarz und struppig und recht moppelig, reißt bei Fred und Sunny aus der Stichstraße täglich aus und dreht seine Runden, immer am Straßenrand, gemütliches Tempo, die Nase im Grün. Bei ihrer ersten Begegnung legte sich Otto in sicherer Entfernung hin und beobachtete den „Neuen". Der war nicht an einem Kennenlernen interessiert, marschierte weiter, Otto nahm das hin und speicherte es erstaunlicherweise sogar ab.

Seine große Heldin ist Bella von nebenan, die Schäferhündin. Und sie leistet einen nicht unerheblichen Beitrag zur Sozialisierung und Erziehung unseres Kleinen.

Wie fingen an, gemeinsam mit Nachbar Christo und seiner Bella Gassi zu gehen, am Feldrand und durch den Wald. Otto kann es immer gar nicht abwarten, Bella zu begrüßen, sodass sich der Weg zu Christo, eigentlich nur ein paar Sekunden zu Fuß, manchmal auf zehn Minuten ausdehnt, mit Disziplinierungsübungen wie „Sitz" und „Platsch" und „Warte" und vor allem dem Ausharren, bis Otto den Fokus wieder einen Moment lang auf den Zweibeiner am anderen Leinenende richtet.

Nach der Begrüßung und einem kurzen Weg zum Feld dürfen die Hunde loslaufen. Otto rennt hinter Bella her und fordert sie zum Spielen auf, wozu sie nicht immer Lust hat. Anfangs stupste sie ihn dann seitlich weg, inzwischen ist es eher umgekehrt so, dass Otto, nun deutlich größer, sie anrempelt: *Spiel mit mir!* Er kann mittlerweile tackeln wie ein Football-Profi. Die beiden kommen gut klar – wenn Bella keine Lust auf ihren kleinen Verehrer hat, gibt sie es ihm zu verstehen. Wenn mal ein anderer Hund mitkommt und Otto zwickt, weil er von dem aufgedrehten, pubertierenden Vieh genervt ist, geht Bella den anderen an und weist ihn in seine Schranken, sodass er ihrem Schützling nichts weiter tut.

Manchmal kommt auch Anni mit ihrer Pomeranian-Hündin Flocke mit. Die Kleine ist frech und auch mutig und lässt sich gern auf wildes Gerangel mit dem so viel größeren Riesenbaby ein. Auch wenn Otto sie schon mal mit einem Pfotenhieb durch die Luft befördert.

Bella ist ein Vorbild an Gehorsam, wie macht Christo das? „Nicht so viel Gequatsche", sagte er und nahm die Selbstgedrehte kurz aus dem Mundwinkel, um zu pfeifen. Sofort kam Bella angeschossen, und praktischerweise läuft Otto ohnehin seiner Heldin hinterher. Christo wartete mit auseinandergestellten Beinen und Bella lief brav hindurch. Sollten wir mit Otto eher nicht versuchen bei seiner Größe und Grobmotorik.

„Ihr seid viel zu nett zu eurem Hund", sagte Christo noch und lachte leise.

Als wir ihn das erste Mal zu uns auf die Terrasse einluden, hatte Christo angeregt, Bella mitzubringen – damit unser Kleiner kein Territorialverhalten entwickelt. Gute Idee, fanden wir.

Da saßen wir dann beim Kaffee, Bella thronte an der Kante zur Wiese und verweigerte Otto den Zugang zum Terrassenbereich. So viel zum Thema Territorialverhalten.

*

Wissen aller Art

Man kann sich ja bekloppt machen. Ich neige dazu.

Gibt es eine neue Herausforderung in meinem Leben, fange ich an, Bücher zu bestellen, Google zu befragen und in Internetforen zu verzweifeln.

Marc geht alles eher praktisch an, also deutlich entspannter, learning by doing, wird schon alles werden. Und wenn er sich in ein Thema einlesen muss, dann behält er das meiste vom Gelesenen. Sogar bei Beipackzetteln und Gebrauchsanweisungen.

Während ich, wenn es um Wichtiges geht, einen Großteil gleich wieder vergesse. Oder durcheinanderbringe. Fühlt sich so womöglich der Beginn einer Demenzerkrankung an? Man meint für einen kurzen Moment, etwas zu verstehen, kann es aber nicht festhalten, nirgendwo ablegen und vergisst es gleich wieder, ist sich aber selbst noch im Klaren darüber, dass man vergisst.

Als wir beschlossen hatten, aufs Land zu ziehen, gab es richtig viel zu googeln, und dann galt es, Vertragsentwürfe zu lesen und Notariatsdeutsch zu entschlüsseln. Erfolglos. Noch nicht einmal Kurzzeit-Merken. Ist für mich ungefähr so reizvoll wie die Steuererklärung. Gartenwissen hält sich schon besser in meinem Hirn, aber wenn ich zu viel lese, mischt sich alles in meinem Kopf neu. Welche Pflanze braucht jetzt noch mal einen Grundschnitt? Oder war es nur ein Formschnitt? Bei welcher Art ist Dünger hilfreich, bei welcher tödlich?

Mit Romanen habe ich solche Schwierigkeiten nicht. Wenn man aufs Land ziehen will, liest man zwangsläufig Julie Zeh und *Altes Land*, alles wunderbar, vor allem, wenn man nach der Lektüre feststellt, dass man immer noch rausziehen will. Kann nicht mal jemand Themen wie Immobilienrecht oder Versicherungs-AGB in Romane, am besten in spannende Krimis, verpacken?

Und die Hühner, die wir übernehmen würden. Ich habe noch von keinem Hühnerhaltungskrimi gehört. Also bestellte ich sogleich ein dickes Buch, das sich angeblich an Anfänger und Laien richtet, aber so sehr ins Detail geht, dass ich schon gar keine Hühner mehr haben wollte. Was die alles für Krankheiten bekommen können! Und was man je nach Rasse alles beachten sollte, und der Stall, der Auslauf, Parasiten, Sozialverhalten – schließlich kam es mir so vor, als stünde ich vor einem Hochschulabschluss in Hühnerwissenschaften. Das Buch staubt seitdem im Sachbuchregal, Rubrik Tierwissen, vor sich hin.

Und dann der Hund! Eine große Verantwortung, die wollte akribisch vorbereitet sein. Marc schaute also YouTube-Videos und merkte sich mal wieder alles. Ich schaute direkt bei Amazon nach einem top bewerteten Welpen-Ratgeber. Muss ja nicht immer Martin Rütter sein, nicht wahr? Natürlich fiel ich auf eine Vielzahl von überschwänglich lobenden Bewertungen herein, das Werk war aber leider einfach nur schlecht geschrieben und lieblos zusammengeflanscht.

Ich bestellte Rütters *Welpentraining*. Es las sich gut, und wir konnten viel anwenden, manches sogar erfolgreich. Die Ausfallquote liegt nicht am Buch, sondern an uns, vor allem daran, dass ich manchen Trainingsaufbau durcheinanderbrachte. Marc verdrehte mal wieder die Augen.

„Ich mache das doch nicht absichtlich!", verteidigte ich mich.

„Du kannst dir doch sonst alles merken, was nicht wichtig ist!"

Böse, aber leider wahr. Über Jahre und Jahrzehnte. Wie heißt die Hauptstadt von Surinam? Warum ist der Kot von Wombats würfelförmig? Was haben Goethe und Herder gemeinsam gesammelt? Kann ich alles fehlerfrei beantworten. Ohne mich je darum bemüht zu haben, dass sich dieses für mein Leben komplett unnütze Wissen in meinem Kopf festsetzt.

„Guck mal, wie der Hund sich kratzt", ruft Marc aus dem Wohnzimmer.

„Und jetzt?", frage ich. Ich springe auf, schnappe mir das Smartphone. In meinem Kopf schrillt eine Alarmglocke, Erinnerungsfetzen von Gelesenem, von Zecken und Zwangsstörungen, wobei ich nicht mehr weiß, was davon Hunde- und was Hühnerlektüre war. Hilfe! Ich muss googeln, ich finde bestimmt ein Forum mit siebzig unterschiedlichen Meinungen, vielleicht bestelle ich besser noch ein Buch.

Würmer!, fällt mir schlagartig ein. Hunde können ja von Würmern befallen sein, ohne dass wir das überhaupt mitbekommen. Und kann sowas überspringen? Zoonose Hundewurm?

„Na, nix", erwidert Marc auf meine alarmierte Frage, „sieht einfach nur lustig aus."

*

Naturgewalt

Es fällt mir auf, als ich zum ersten Mal in einer Tierarztpraxis sitze, in einer Kleinstadt auf dem Lande. Otto soll eine Impfung bekommen. Wir müssen uns noch etwas gedulden. Der Wartebereich ist gut gefüllt mit Menschen, Hunden und Katzen. Es ist unerwartet ruhig. Die Katzen hocken in ihren Boxen, die Hunde liegen auf Frauchens Schoß oder unter Herrchens Stuhl. Ab und zu hebt der kleine Schnauzer sein Köpfchen, tappt der Labrador zur Wasserschale und trinkt.

Wir werden gleich angesprochen auf Otto, wie immer. Er fällt auf. Und, wie ich jetzt erst bemerke, auch durch die Geräuschkulisse, die ihn konstant umgibt. Unseren Hund gibt es nicht leise. Man kann ihn weder übersehen noch überhören – er ist eine Naturgewalt. Das war für mich bisher normal, wir kannten es ja nicht anders. Wobei sich die Nachbarn auch schon über sein Grunzen amüsiert haben. Er grunzt, wenn er „Zeitung liest", also unterwegs im Unterholz schnüffelt. Klingt wie: *interessant, okay, nächster Artikel*. Er grunzt auch, wenn er sich hinlegt, so, als wäre er gerade ganz zufrieden mit seiner Welt.

Nun tapst er hörbar durch den Warteraum – seine Pfoten sind ja schon fast so groß wie der Kopf eines Zwergpinschers – und hechelt dabei wie ein altersschwacher Fön. Mächtiges, ausdauerndes Hecheln gehört auch zu seinem Geräuschfundus. Alle Köpfe rucken hoch.

„Ein Leo!", ruft die alte Dame mit dem Schnauzer freudig.

„Wie alt isser denn?"

Otto will an den anderen Vierbeinern schnuppern, Herrchen befielt ihm „Sitz", das klappt auf Anhieb dank Käse-Ente-Leckerli.

„Und platsch!"

Jawoll, Otto lässt sich hinplumpsen, ein Wunder, das nichts aus den Regalen fällt. Begleitet von einem zufriedenen Grunzen. Die alte Dame kichert.

„Schweine-Gene", sage ich entschuldigend.

Es ist durchaus praktisch, dass wir kaum mal über unseren Hund stolpern, auch wenn er meistens im Weg herumsteht oder -liegt. Wir hören immer, wo er gerade ist. Wenn er nicht gerade schläft, wobei er dabei wiederum zum Schnarchen neigt, außerdem zum Schmatzen und Schniefen. Und wenn er träumt, rollt er sich manchmal hin und her, fiept und grunzt. Wir stellen uns vor, dass er im Traum auf der Pirsch ist und einen besonders leckeren Maulwurf erwischt. Grunz.

„Bellt er nicht?", fragt der Mann mit dem Labrador.

Nö, selten. Aber wenn, dann klingelt's in den Ohren. Das erste Mal bellte er mit etwa viereinhalb Monaten, ich war sehr stolz auf ihn. Beim Gassi begegnete uns ein Pitbull im etwa selben Alter, der ihn ganz aggressiv beschimpfte. Auf einmal bellte unser Kerlchen unfreundlich zurück. Da hast du dir den richtigen ausgesucht!, dachte ich. Er bellt sonst nur, wenn er Aufmerksamkeit will oder aufs Klo muss.

Dafür scheint er öfter mit einem Geräusch zwischen leisem Wiehern und Knurren mit uns zu kommunizieren. Steht vorm Sofa, *wiehhhrrrrrggrwieh*. Wir meinen sogar, unterschiedliche Tonhöhen und eine Art Satzmelodie herauszuhören, das ist etwas unheimlich. Jaja, „unser Kind ist hochbegabt" – wir verstehen bloß nicht, was es uns sagen will. Klingt meistens nach: *Kümmert euch um mich! Ich will euch abschlecken und anknabbern! Jetzt!!!*

Und sein Repertoire an Bekundungen des Einsam- und Verlassenseins ist inzwischen beachtlich. Ist Herrchen unterwegs oder sind wir beide mal oben oder vergessen den Hund im Wintergarten, geht alles vom kurzen Bellen über Fiepen und Janken bis zu Jaulen und Heulen, in unterschiedlichen Höhen, Längen und Kombinationen. *Ich bin sooooo allein, keiner hat mich lieb!*

Nun richtet Otto sich auf und patscht auf die Trinkschale zu. Schlappschlappschlappschlappschlapp, die Schale ist leer. Und platsch.

Schließlich sind wir dran, die Impfung ist schnell erledigt und der Arzt lobt den wohlerzogenen Hund. Stolze Eltern.

Zuhause ist es dann Zeit fürs Abendessen, dreihundertfünfzehn Gramm Trockenfutter. Man könnte meinen, unser Kleiner wüsste inzwischen, dass ihm niemand was wegessen will. Aber er schlingt es runter, als wäre er komplett ausgehungert und als würde ihm jemand sein Futter streitig machen. Schling, schepper. Und viel Wasser hinterher. Und noch mal um den Tisch gestreift, es könnte ja noch mehr geben. Er setzt sich an die Stirnseite, so kann er uns abwechselnd anstarren und nebenbei unsere Wurstbrote ins Visier nehmen. Das Köpfchen leicht schräg legen und dabei den ultimativ liebsten Hundeblick aufsetzen. Ein leises Fiepen, ein winziges Jaulen, man kann es ja mal versuchen: *Ich hab doch noch so großen Hunger!*

Als ich ihn nachmache, guckt er irritiert.

„Nein!", ruft Herrchen.

Der Hund sitzt und guckt uns an, dann legt er sich hin und rülpst satt und zufrieden.

*

Weltentdecker I – Natur für Anfänger

Und jetzt? Ich habe mir ein Karpaltunnelsyndrom errecht und erharkt – Zwangspause im Garten. Wenn ich unsere ersten Wochen hier Revue passieren lasse, leuchtet das ein. Selbst schuld. Wobei die Arbeit draußen für mich wenig kräftezehrend begann, nämlich vor allem mit erratischer Pflanzenbestimmung.

Eins unserer Gemüsebeete war komplett von Ambrosia zugewuchert, dicht und meterhoch, weil unsere Vorbesitzerin überzeugt war, die Pflanze habe wundersame Heilkräfte. Ich hingegen neige zu Heuschnupfen, und so rodete Marc die Fläche. Beim Gang durchs leere Beet inspizierte ich die übrigen Pflanzen und stieß auf ein bowlingkugelgroßes Ding, dunkelgrün mit gelben Streifen. Klasse, eine seltsame Zucchini-Art, dachte ich, nahm die Kugel mit und googelte: Hühner mögen Zucchini. Ich nämlich nicht. Ich schnappte mir das größte Fleischmesser und halbierte das Ding, das innen rosa war und offensichtlich eine Melone. Städterdoofheit. Googeln: Hühner mögen auch Melone, na bitte.

So war die erste Zeit unseres Landlebens geprägt von „Trial & Error". Ich versuchte, Pflanzen zu identifizieren mithilfe von

Google, einer App, meiner Mutter und einer kundigen Freundin. Das Meiste ließ sich herausfinden, zumindest das, was im Oktober noch belaubt war. Ich ging mit Anni durchs Gemüsebeet und wir scheiterten beide an einer Pflanze, die aussieht wie Salat. Oder Unkraut, denn es gibt sehr viele davon. Ich trampelte achtlos auf ihnen herum. Eine riss ich aus und staunte über eine lange Wurzel, ähnlich einer Pastinake. Es sind Nachtkerzen. Ich fühlte mich schlecht und versicherte ihnen, weder weiter über sie zu trampeln, noch weitere der robusten Pflanzen grundlos auszurupfen. Die Nachtkerze scheint ein Wunderding zu sein – komplett essbar, immunstärkende und heilende Wirkung zum Beispiel bei Hautbeschwerden und Durchfall und auch noch schöne Blüten.

Schnittlauch, Petersilie und Dill entdeckte ich, wobei ich mir beim Dill immer noch nicht ganz sicher bin. Könnte auch Fenchel sein.

„Das sieht man doch", rief meine Mutter.

Ich nicht. Aber ich hätte es doch riechen müssen? Ich schnippelte und fror ein und freute mich über eigene Kräuter. Und wenn es irgendwann Kartoffeln mit Fenchel- statt mit Dillquark geben würde, dann könnten wir das notfalls an die Hühner verfüttern.

Voller Tatendrang begannen wir, uns durch den Garten zu wühlen, immer begleitet von der Frage: Kann das was oder kann das weg? Die einen sagen so, die anderen so. Franzosenkraut, Löwenzahn etc. – vieles ist natürlich essbar und anscheinend sogar besonders gesund. Wenn mir aber noch einmal jemand klug sagt „Aus Giersch kann man Salat machen!", werfe ich demjenigen einen großen Eimer Giersch an den Kopf. Ich weiß das, aber wie viel davon soll ich einfrieren für Salat oder Pesto? Ich bräuchte eine Tiefkühltruhe von der Größe eines durchschnittlichen deutschen Wohnzimmers.

Wenn ich abends im Bett lag und die Augen schloss, sah ich Wurzeln und Kraut in Endlosschleife, Laub auch, Berge von Laub. Diese Arbeit macht ein bisschen süchtig. Man sieht gleich, was man geschafft hat.

Wenn ich meine Ruhe haben wollte, arbeitete ich im Vorgarten, da kommt Otto nicht hin. Ich beschnitt das Efeu, das ein Fenster halb zugerankt hatte und sich der Haustür näherte. Die Efeuwand hatte stellenweise eine Stärke von fast einem halben Meter erreicht. Ein Spatz kam mir schimpfend aus dem Dickicht entgegen. Und was war das da neben der Tür? Eine Klingel, sieh an. Ich hatte mich schon gewundert über das Haus ohne Klingel. Daneben legte ich einen Zeitungskasten frei und fragte mich, wie lange das Efeu einfach gewuchert war, um den Kasten komplett verschwinden zu lassen. Der war mit Zweiglein gefüllt, wurde also anscheinend von den Spatzen genutzt – ich ließ die Zweige drin und stopfte auf einer Seite wieder Efeu hinein, nutzt ihn ruhig weiter, uns reicht der Briefkasten am Zaun.

Im Vorgarten sagte ich auch der Brennnessel den Kampf an. Dachte ich zumindest. Nachdem ich bereits mehrere Eimer der lila blühenden – und gar nicht brennenden – Pflanzen samt Wurzeln aus dem Gras entfernt hatte, kam Nachbar Fred des Wegs und fragte interessiert, was ich denn da triebe.

„Das sind aber Taubnesseln", sagte er, grinste breit und verschwand um die Ecke, auf die wilde Wiese, kam zurück und präsentierte mir in seiner behandschuhten Hand ein stattliches Exemplar einer Brennnessel.

Boden, tu dich auf, Blitzdings aus *Men in Black*, lass Fred vergessen, schnell, bevor er das im Dorf herumerzählen kann.

Ich beschnitt den Wein, den erkannte ich gerade noch. Ich stutzte ihn gründlich, denn ich hatte gelesen, dass man ihn radikal runterschneiden soll, bloß nicht ins Verholzte. Definiere „verholzt". Ich interpretierte vor mich hin, Marc nahm das Resultat entsetzt zur Kenntnis und rief: „Der kommt nie wieder, der ist tot!"

Das würden wir erst im Frühling erfahren.

Die Nachbarn brachten Sachen vorbei – unter anderem eine unscheinbare Pflanze mit eindrucksvollem Wurzelballen, die nicht winterhart ist. Ich trug also einen sehr großen, tiefen Topf auf die Terrasse und pflanzte sie ein. Ich wollte sie in den Wintergarten stellen, aber der Topf war nun mit der Erde zu schwer und ich konnte ihn nicht mehr allein anheben. Fail. Zu zweit ging es.

Wir bekamen Walnüsse geschenkt, ein ganzes Netz voll. Ich googelte, dass die noch vier bis sechs Wochen trocknen mussten, mit genügend Abstand zueinander, und alle zwei Tage gewendet werden sollten. Bestimmt gut anwendbar, wenn man nicht ungefähr hundert Nüsse zu lagern hat. Ich legte sie auf unserem Terrassentisch aus, der damit komplett bedeckt war. Wir bekamen dann noch mehr Nüsse geschenkt. Nachbar Schulz erklärte mir, dass ich die einfach in den Netzen aufhängen und alle zwei Tage mal das Netz durchschütteln könnte, ach so. Ich war sehr dankbar für die Information.

Wir wurden mit Pferdemist versorgt, auch dazu musste ich mich erst mal schlau machen: Er muss ein halbes Jahr liegen, bevor man damit düngen kann. Außerdem stehen nicht alle Pflanzen auf den Mist, Tomaten mögen ihn, Kartoffeln zum Beispiel nicht. Also ab in den Schuppen über den Winter, mit einer Plane abgedeckt.

Ich rechte Laub, meine Hauptbeschäftigung über Wochen. Mein Permakultur-Videokanal sagte mir, ich sollte die angehenden Tomatenbeete mit Laub mulchen, dreißig bis vierzig Zentimeter hoch. So vermeidet man auch, dass Unkraut wächst. Mit acht Schubkarren hatte ich noch nicht einmal ein Drittel der Tomatenbeete bedeckt und beschloss, dass zwanzig Zentimeter Mulchhöhe reichen mussten.

Was schon beim Jäten anfing, wurde beim Rechen und Mulchen nicht besser: Meine Handgelenke schmerzten, der Rücken beschwerte sich auch. Manchmal fiel es mir schwer, morgens aufrecht und ohne Abstützen die Treppe hinunterzugehen. Meine Hände fühlten sich abends so schwer und so beweglich an wie zwei große gusseiserne Bratpfannen.

Als mein rechter Arm und meine rechte Hand anfingen, morgens früh zu kribbeln und wehzutun, beschloss ich, es etwas ruhiger angehen zu lassen. Ich hatte mittlerweile sogar Probleme, den gefüllten Hundewassernapf anzuheben.

Es gab auch genügend leichte Tätigkeiten, die erledigt werden mussten. Zum Beispiel Raupenleim auf Obstbaumstämme streichen, laut meinem schlauen Gartenbuch. Nie gehört, aber interessant. Das grüne Zeug könnte man mit „Slime", dem ekligen Schmodderzeug aus den Achtzigern, verwechseln. In meinem Arbeitseifer verwechselte ich den Walnussbaum mit Obstgehölz und verpasste seinem Stamm auch einen grünen Schleimstreifen.

Links und rechts der Haustür bepflanzte ich zwei Blumenkästen mit Herbstastern und Scheinbeeren und fragte mich kurz, ob ich spießig bin. Ich fand diese Herbstpflanzen auf den ersten Blick gar nicht mal *so* schön, dachte aber, dass die Nachbarn so eine Bepflanzung erwarten könnten. Marc schüttelte den Kopf über mich. Schließlich gefielen mir die roten Beeren und gelben Blüten aber selbst ganz gut, und zum Dezember würde ich die Astern gegen Gratistannengrün aus unserem Garten, also eher Fichten-, Douglasien-, Kieferngrün, austauschen und mit den kleinen durchsichtigen und roten Glasbaumkugeln schmücken, die meine Mutter mir abgegeben hat – fertig ist die Weihnachtsdeko.

„Mach mal 'ne Pause", sagte Marc besorgt, nachdem mein Hand-Arm-Problem nicht besser wurde. Der Orthopäde verschrieb mir Physiotherapie und Schonung. Ausgebremst. Aber irgendwas musste ich doch tun.

Kann es sein, dass der Oktober der arbeitsintensivste Gartenmonat ist? Und dieser war auch noch ungewöhnlich mild, an den meisten Tagen waren es zwanzig Grad und mehr, die Sonne schien, das Herbstlaub leuchtete, die Natur schien zu fordern: Mach was, kümmere dich, arbeite, bevor es Winter wird!

Ich stromerte draußen herum, tatenlos, auf Entdeckungstour, ruhelos, weil mir das Nichtstun schwerfiel. So beschloss ich, mich auf eine Bestandsaufnahme der Tiere zu konzentrieren. Das war sinnvoll, aber nicht anstrengend, ich musste nur gucken und bei Bedarf nachschlagen.

Den Specht in einer Linde hatte ich schon identifiziert, er war schwer zu überhören. Spatzen, Amseln, Meisen, Tauben. Ein Kauz. Zaunkönig und Kernbeißer, ergänzten Freunde, die sich besser auskennen. Mäuse gibt es und natürlich Maulwürfe, die bei uns äußerst fleißig sind. Angeblich ziehen die weiter, aber womöglich übernimmt dann nur ein Artgenosse das Terrain und knüpft an das Werk des Vorgängers an. Fledermäuse hatte Marc schon gesichtet, ich leider noch nicht. Es soll dreizehn Arten in der Prignitz geben. Schön, dass sie hier sind, genug Verstecke gibt es bei uns.

Und dann sind da noch die ganz kleinen Tiere. Vor allem Feuerwanzen, überall sonnten sie sich, auf Baumstämmen, Holzscheiten, auch auf Steinen, sie sehen interessant aus und tun nichts, aber es waren vor allem sehr, sehr viele. Unterschiedliche Bienen sah ich, die letzten Wespen, Hornissen. Fliegen aller Art.

Und jetzt? Was konnte man noch tun, wenn man sich schonen sollte? Ich bestellte Pflanzen. Ich fühlte mich sehr erwachsen, denn meine Wahl fiel auf den Storchschnabel, der nicht nur hübsch blüht, sondern vor allem den Giersch angeblich verdrängen kann. Okay, ein halber Quadratmeter Storchschnabel vs. etwa dreißig Quadratmeter Giersch, wohlan! Falls es mit der Verdrängung nicht klappt, so wird dem Storchschnabel zumindest eine entzündungshemmende Wirkung bei verschiedenen Leiden zugeschrieben.

Ich beschloss, meine Zwangspause zu beenden, zumal es auf November zuging und ein Wetterumschwung angekündigt war. Letzte Arbeiten und Sichtungen, und, ganz wichtig: nicht übertreiben!

Ich entfernte fleckige Blätter von den zahlreichen Erdbeerpflanzen und rupfte weiter Franzosenkraut, es schien sekündlich nachzuwachsen. Ich erkannte eine Physalis und fand einige Ringelblumen, dazu verschiedene Arten Minze. Eine bisher noch nicht entdeckte Korkenzieherweide, halb verborgen durch einen Nadelbaum, durch dessen Geäst sich ein Rankgewächs mit roten Beeren zog, das aussah, als hätte jemand schon weihnachtliche Girlanden in den Baum gehängt.

Marc freute sich derweil über das Eintreffen des Rasenmähers und zog eifrig seine Bahnen. Gerade rechtzeitig, denn die Wettervorhersage traf zu. Wir erlebten den ersten richtig hässlichen Herbsttag, dunkel und mit „ergiebigem" Dauerregen. Von mir aus, dachte ich, das Rauschen war eigentlich ganz schön.

Der Novemberanfang zeigte sich düster, windig und kalt, und so sollte es bleiben, nur noch kälter werden.

Wir konnten bloß noch die trockenen Stunden fürs Laubfegen nutzen und dafür, Pflanzen wie Dreimaster und Distel zu beschneiden. Endlich einen großen Topf für Vogelfutter aufzuhängen. Und bisher noch nicht wahrgenommene Gartenbewohner in Augenschein zu nehmen. Wie die Tigernacktschnecken, die sich nun auf unserer Terrasse tummelten, zu meiner Freude, denn sie sollen kannibalistisch die anderen Nacktschnecken, die man nicht im Beet haben möchte, auffressen. Regenwürmer zeigten sich auch in großer Zahl, Ohrenkneifer, Tausendfüßer und Asseln. Von mir aus, aber schön draußen bleiben, liebe Sechsbeiner.

Schneeregen setzte ein. Der Kamin war den ganzen Tag in Betrieb. An so einem Abend saß ich mit einer Zigarette auf der Terrasse, in Gedanken vertieft. Leises Rascheln. Ich schreckte hoch, sah aus dem Augenwinkel, das etwas hinter der alten Tafel hervorkroch, die in einer Ecke auf der Terrasse am Mäuerchen lehnt. Ein Schnäuzchen, zu groß für eine Maus – eine Ratte? Ich war hellwach, doch das Kerlchen war ein Igel, noch nicht dick genug, um den Winter zu überstehen. Er schnupperte, umrundete einmal die Terrasse und verschwand im Beet. Ich war ganz aufgeregt – müsste man dem Kleinen mit extra Futter helfen? Aber dann würde man womöglich tatsächlich Ratten anlocken. Oder sollte ich ihn zum Ast- und Laubhaufen tragen? Marc war der Meinung, er würde genug zu futtern im Garten finden und dann auch den Weg zum Winterquartier, „die Natur wird das schon regeln."

Er hatte wohl recht. Ich stellte dem Igel eine Schale mit Wasser auf die Terrasse und drückte dem kleinen Kerl fest die Daumen.

„Und jetzt?", frage ich Marc. Eigentlich ist das nicht an ihn gerichtet, er kommt nur gerade verschlafen in die Küche. Ich schüttle meinen rechten Arm, das Kribbeln will nicht weggehen. Ich bin frustriert. Ich muss doch was machen!

Marc schaut nur fragend, gibt mir einen Kuss und feuert den Küchenofen an, draußen ist es dunkel und drinnen ungemütlich kalt, gegen sieben Uhr morgens.

Ich setze die Stirnlampe auf und rufe Otto, selbst der will

heute nicht richtig wach werden und ziert sich kurz.

Draußen fällt mein erster Blick auf die Bananenpflanze gegenüber der Tür. Ich hatte sie für winterhart gehalten – warum sonst sollte man so etwas in einen brandenburgischen Garten pflanzen? Sie ist offensichtlich erfroren. Die bisher kräftigen, sattgrünen Blätter lassen sich blass und matschig hängen. Als Nächstes stelle ich fest: Das Trinkwasser für die Hühner ist gefroren.

Hallo Winter, denke ich, und meine trübe Stimmung ist schlagartig verflogen: Die Schonzeit für Arme, Hände, Rücken, Knie und das ewige schlechte Ich-schaffe-zu-wenig-Gewissen möge beginnen.

*

Kontrollfreak allein zu Haus

Während unserer Vergesellschaftungsversuche mittels Hundeschule und Dorfhunden fiel uns ein, dass das Gegenteil auch sinnvoll wäre: Junghund Otto ans Alleinsein zu gewöhnen. Wir sind ja so gut wie immer hier, arbeiten beide zu Hause, fahren höchstens mal einkaufen ohne den Kleinen.

Anfangs war das eine große Aufregung für Otto, wenn Herrchen auf Supermarkt- und Baumarkttour fuhr, also durchaus zwei Stunden oder länger unterwegs war. War Otto drin, so fiepte, jaulte, bellte er so lange, bis ich ihn in den Garten ließ. Dort sprintete er in rekordverdächtigem Tempo erst zum Tor, dann zum Carport und wieder zurück, offensichtlich auf der Suche nach Marc. Es dauerte immer etwas, bis er sich ins Gras legte, das Tor im Blick. Wollte ich dann mit ihm Gassi gehen, zerrte er zunächst wie ein Irrer, wohl auf Herrchens Spur. Da ging schon mal die halbe Strecke dafür drauf, den Hund zu beruhigen, bis er die Aufmerksamkeit auf mich richtete und an meiner Seite lief. Kam Herrchen wieder, wurde er so überschwänglich begrüßt, als käme er mindestens von einer Weltreise.

Auch wenn ich unterwegs war, war Otto anscheinend unruhig,

suchte, winselte, wollte raus. Kam ich zurück, sprang er an mir hoch und schleckte mich ab, *bist du endlich zurück!*

Selbst wenn einer von uns, vor allem Marc, bloß im Garten oder Heizungsraum war, wurde Otto ungeduldig. Was schließlich ganz gut funktionierte: ihm ein Leckerli, an dem er länger zu knabbern hat, in den Wintergarten zu legen, darüber beruhigt er sich etwas oder schläft sogar ein.

Wir dachten zunächst, er würde uns vermissen, hätte Verlustangst oder -schmerz. *Die lassen mich allein, die kommen bestimmt nie wieder, ich armer, verlassener Hund.* Aber offensichtlich ist das eher so ein Kontrollding. Er möchte sein Rudel komplett haben. Er möchte immer wissen, wo wir sind, dann geht es ihm gut. Selbst wenn wir beide im Haus sind, mäandert Otto so lange umher, bis er uns genau lokalisiert hat. Ist Marc oben in seinem Arbeitszimmer, legt sich der Hund unten an die Treppe. Bin ich im Bad, liegt er vor der Badezimmertür.

Er will zunehmend allein sein, macht es sich im Wintergarten gemütlich, bleibt immer länger im Garten – aber er muss wissen, wo wir sind.

Einmal musste Marc für drei Tage wegfahren, mir graute vor zweiundsiebzig Stunden mit unruhigem, unglücklichem Hund. Aber unentspannt waren nur die ersten Stunden, dann akzeptierte Otto die Situation anscheinend und nahm mit mir vorlieb. Hätte ich nicht erwartet. Die Nächte waren ruhig, der Kleine fraß wie immer, wollte spielen und vor sich hin nickern. Er scheint sich irgendwann abzufinden mit dem einen Rudelmitglied, das noch da ist.

Strohwitwe mit Hund: geht!

Schließlich dachten wir nach fast zwei Monaten Dorfleben mit Otto, dass es doch mal ganz schön wäre, etwas ohne ihn zu unternehmen. Und wir hatten eine Einladung zu einem Essen im Schloss, einer Art Vorbesprechung mit den Nachbarn, die beim kommenden Weihnachtsmarkt mithelfen würden, Getränke zu verkaufen – da konnten wir den Hund ohnehin nicht mitnehmen. Er würde wieder das Parkett einspeicheln, die Gäste fröhlich anspringen und womöglich das Büfett plündern. Wir hatten bis zu dem Essen zweieinhalb Wochen Zeit, mit unserem Kontrollfreak das Alleinbleiben zu üben.

Wir planten, die Zeit unserer Abwesenheit allmählich zu steigern. Marc verband sein Handy mit der Kamera im Flur, und wir spazierten los. Fast entspannt, beide mit Blick aufs Handydisplay – was macht der Hund? Oh, er bellt. Was macht er jetzt? Er legt sich hin, super. Oh nein, er steht wieder auf. Jetzt jault er. Sollen wir umkehren? Ein Stück noch. Wie lange sind wir schon unterwegs? Dreizehn Minuten ...

Wir steigerten uns. Wir schafften es fast jeden Tag, spazieren zu gehen. Schließlich waren wir fast eine Stunde draußen.

Unsere Übungen blieben nicht unbemerkt. Herr Schulz von schräg gegenüber fragte einmal belustigt, ob wir Bewegungsmelder hätten. Ja, warum? Er hätte gesehen, wie wir das Haus verlassen hatten, dann wäre das Licht im Flur immer wieder an- und ausgegangen. Okay, Otto war schon so groß, dass er durch Hochspringen an einer Tür das Licht aktivieren konnte, na prima. Mit so einem Hund braucht man zumindest keine Zeitschaltuhr, um potenzielle Einbrecher in die Irre zu führen.

Wir gingen dazu über, etwas zu üben, das wir in so einer Hundeerziehungssendung im Fernsehen aufgeschnappt hatten:

Jacken und Schuhe anziehen, als würde man das Haus verlassen, dann aber einfach drinbleiben, sich an den Tisch setzen, das aufgeregte Hundekind ignorieren, das um uns herumwuselt und wohl meint: *Geht's gleich los? Aber nicht ohne mich?!* Wir kamen uns etwas merkwürdig vor, wie wir in Winterjacken und Stiefeln am Küchentisch saßen: Guck mal, Otto, Sich-Anziehen ist etwas ganz Banales, niemand muss sich aufregen.

Da stand auch schon das Schlossessen bevor. Wir hatten natürlich zu wenig geübt, sowohl das Klamottenanziehen-und-im-Haus-Bleiben als auch die Spaziergänge – da hätten wir uns auf mindestens zwei Stunden steigern müssen.

Das Schloss liegt nur fünf Minuten Fußweg entfernt, also beschlossen wir, den Kleinen einfach wieder im Flur mit der Kamera zu überwachen, und bei Bedarf müsste einer von uns nach Hause gehen.

Als gute Helikopterhundeeltern hatten wir alles bestens vorbereitet: Die Technik stand, den Bewegungsmelder im Flur hatte ich deaktiviert, damit es nicht wieder eine „Light Show" geben würde und das Licht stattdessen durchgehend brannte, schließlich würde es draußen bald dämmern. Teddy lag spielbereit auf Ottos Decke, der Wassernapf war frisch gefüllt, als besonderen Knabberspaß, der den Kleinen länger beschäftigen sollte, hatten wir ein Schweineohr parat. Unauffällig unaufgeregt Jacken und Schuhe anziehen, dem Hund das Schweineohr auf die Decke werfen und ab durch den Hinterausgang – da merkt er nicht gleich, dass wir ganz weg sind.

Wir schafften es sogar, auf dem Weg zum Schloss nicht aufs Handy zu schauen, noch nicht mal beim Sektempfang. Aber dann.

„Was siehst du?", wollte ich neugierig wissen.

Marc stutzte: „Nichts. Du hast das Licht nicht an-, sondern ganz ausgeschaltet."

Also Prost und Mut zur Lücke.

*

Raunächte

Ich mochte den Winter immer, genauer: den Dezember. Schnee, Kälte, Ruhe, alles erscheint verlangsamt, zu Hause ist es behaglich warm und es gibt Mutters Weihnachtsplätzchen mit viel Zuckerguss.

Viele Menschen finden den November scheußlich wegen des Wetters, den Dezember wegen Weihnachten, den Februar wegen Vegetationsarmut, bei mir ist es der Januar, dem ich nichts abgewinnen kann, ein hässlicher, toter Monat. Erst Weihnachten, dann Silvester, dann Leere, weiterhin Dunkelheit, aber ohne Behaglichkeit, der Frühling noch weit weg.

Es war wie immer: Am Neujahrsmorgen bin ich in ein Loch gefallen. Der Kopf tat weh, der Hund wollte trotzdem früh raus, fressen, spielen, Liebkosungen, ne, bleib mir von der Pelle. Vor den Freunden, die zu Besuch aufs Land gekommen waren, bewahrte ich eine freundliche Fassade, aber ich wollte mich gern einbuddeln. Weck mich so in sechs Wochen.

Ich schaute aus dem Küchenfenster, da hüpfte ein Rotkehlchen auf einem Zweig herum und schien mich anzusehen, provokant: *Stell dich nicht so an, guck mal, wie bunt ich bin, von wegen*

Januargrau! Und wie agil, jetzt reiß dich mal zusammen! Ein Rotkehlchen zu sehen, macht mich immer etwas glücklich, nicht ganz so sehr wie bei Delfinen, aber die kann ich nun in Brandenburg nicht erwarten. Rotkehlchen sind so hübsch, und dies war das Erste, das mir hier begegnete. Na gut, Zusammenreißen. Ich prostete dem Vogel mit meiner Kaffeetasse zu, er flatterte davon.

Als die Gäste am frühen Nachmittag abgereist waren, legte ich mich sofort wieder ins Bett, es dämmerte ohnehin schon. Mehr noch in mir selbst, totale Sonnenfinsternis. Meiner Laune entsprechend kamen mir mögliche Romantitel in den Sinn, zum Beispiel, frei nach Julie Zeh: „Unland", welch zauberhaftes Wortspiel, irgendwo zwischen „Umland" und „Untoten". Oder: „Umland-Blues", schon spricht man eine ganz andere Zielgruppe an. Die Schreibweise „Umlandblues" würde ich unbedingt vorziehen, sieht aber komisch aus, wie „Überlandbus". Ich dämmerte weg.

Meine Mutter rief an und fragte fröhlich nach meinen Vorsätzen für das neue Jahr. Ich mache schon seit Jahren keine „guten Vorsätze" mehr (was wären eigentlich „schlechte Vorsätze"?), da ich sie nie eingehalten habe, höchstens wenige Wochen lang. Und wozu in diesen Zeiten?

Ob ich denn Wünsche hätte fürs neue Jahr, fragte meine Mutter zaghaft. Was denn? Weltfrieden und dass sich Politikerinnen und Politiker und überhaupt alle Menschen ernsthaft darum bemühen, den Planeten zu erhalten. Und gleichzeitig keine Zuversicht diesbezüglich. Angst habe ich nicht, bringt ja nichts. Die hatte ich als Teenager in den Achtzigerjahren, nicht zu knapp. Kalter Krieg und Tschernobyl.

Hinnehmen. Machen, was geht. Wir trennen weiterhin unseren Müll, wir wollen Gemüse anbauen und noch mehr Obst, uns so weit wie möglich selbst versorgen. Wenn mein schwarzgrüner Daumen dem nicht im Wege steht. Vielleicht können wir im Sommer und Herbst Eier verkaufen, Äpfel, Marmelade, Kartoffeln, das machen hier viele, mit kleinen Tischen, Regalen oder Häuschen am Straßenrand.

Wir haben eine Ölheizung, in diesen Zeiten auch ein schwieriges Thema. Aber es gibt auch den Kamin und den Küchenofen, wir haben Holz, viel Holz. Nicht gerade umweltfreundlich, aber wir wollen nicht zu viel Strom verbrauchen. Und auch mit dem Holz sind wir sparsam.

Nachts waren es unter siebzehn Grad im Schlafzimmer, raue Nächte. Unser Stromanbieter hatte geschrieben, dass sich der Preis verdoppelt hat. Durch die größere Fläche und ständiges Hunde-Schneisen-Saugen würden wir wohl auf einen vierfachen Strompreis kommen. Obwohl wir sparen.

Trotz der Kälte wachte ich morgens um halb fünf schweißgebadet auf, danke, liebe Wechseljahre. Ich hatte geträumt, dass unsere Schlafzimmerdecke voller Wasserflecken wäre, es tropfte schon, und wir müssten alles aufreißen, faulige Balken ersetzen und das Dach neu decken lassen. Ich zog die Mundwinkel hoch, Lächeln soll ja dazu führen, dass man sich selbst austrickst und gute Laune vortäuscht. Es half tatsächlich ein bisschen.

Ich gebe zu, dass der Januar auf dem Land nicht gar so hässlich ist wie in der Stadt. Wenn es dicke Flocken schneit, wenn dann die Sonne rauskommt und der Raureif auf der Wiese und den Wegen glitzert.

Und meine Befürchtung, nichts im Garten tun zu können, widerlegt mein Gartenjahr-Buch, das sich auf zwanzig Seiten über den Januar auslässt.

Sobald die Sonne rauskam, war das ganze Dorf auf den Beinen. Geh-raus-und-tu-was-Wetter. Marc stand auf einer bedenklich hohen Leiter und schnitt unsere Hecke. Ich versuchte, im Vorgarten Robinientriebe einschließlich Wurzel auszugraben. Die Robinie ist wunderschön, aber hatte sich überall ausgesät und Triebe, die dorniger sind als Brombeeren. Stauden und Sträucher wollten gekürzt werden, das Schilf müsste auch noch runtergeschnitten werden, es gibt sehr viel davon. Als die Erde mal nicht gefroren war, grub Marc den riesigen Komposthaufen um, während ich Giersch ausbuddelte, für die Hühner. Dabei stieß ich auf zahlreiche Regenwürmer und in der Erde eingemuckelte dicke Larven. Die wollte ich nicht stören, mögen es keine Schädlingsbabys sein, sondern freundliche Bienen oder Wespen werden.

Dann wurde es wieder finster, stürmte mehrere Tage lang, Schneeregen und Regen fegte durch den Garten. Zeit, Liegengebliebenes zu erledigen. Ich bestellte Wurmkur für den Hund und fünfundzwanzig Kilo Hühnerfüße als Snack für ihn, außerdem Wintervogelfutter. Was man hier so bestellt. Auch Zeit für Müßiggang, gar nicht verkehrt, merkte ich.

Es stürmt weiter, ich backe Sachertorte. Hatte ich mir im Herbst angewöhnt, da die Hühner so viele Eier gelegt hatten. Das ist zwar gerade nicht der Fall, aber das Backen ist entspannend und befriedigend und eine Auszeit vom Alltag.

Nun hat Marc den Winterblues: Er würde nur noch funktionieren, er fühlt sich gehetzt, getrieben. Müsste den Komposthaufen weiter beackern und so vieles andere. Die Terrassenplane flicken, die der Sturm aus der Verankerung gerissen hat.

„Komm, wir machen Tortenpause", sage ich, Schokolade ist gut für die Seele.

Da kommt Otto schwanzwedelnd an den Tisch, einen Teddy zwischen den Zähnen. Den lässt er vor Marc auf den Boden fallen und schaut ihn erwartungsvoll an: *Spiel mit mir!* Marc bückt sich, um den kaum noch als Bär zu erkennenden Stoffklumpen aufzuheben, was Otto dazu nutzt, ihm quer durchs Gesicht zu lecken.

„Igitt!", ruft er, grinst aber ein bisschen.

„Übermorgen ist schon Februar", sage ich und löffle ganz viel Sahne auf unsere Tortenstücke.

*

Schlundfleisch & Hühnerfuß

Ein Leonberger frisst vor allem viel. Schon im zarten Welpen-alter. In Ottos derzeitiger Gewichtsklasse wären es laut Tabelle mittlerweile morgens und abends je dreihundert und mittags einhundertachtzig Gramm Trockenfutter. Wir geben ihm etwas weniger – der Hundetrainer hatte nach einem geübten Griff ins Fell bemerkt, unser Kleiner hätte etwas Winterspeck angesetzt. Das liegt am dicken Fell und an den schweren Knochen, dachten wir empört, wollten das aber nicht auf uns sitzen lassen.

Als Hundeneulinge war auch das Thema Ernährung für uns zu-nächst knifflig. Die einen füttern Fleisch aus der Dose, die ande-ren schwören auf Trockenfutter, dann gibt es noch diejenigen, die täglich frisch für ihren Liebling kochen, nicht zu vergessen Hundehalter, die morgens Dosen- und abends Trockenfutter geben oder umgekehrt.

Da wir nicht jeden Tag extra kochen wollten und uns natür-lich ein bisschen eingelesen hatten, was das Beste für unser Hundebaby sein könnte, entschieden wir uns anfangs für eine Mischung. Es ist ein Hochgenuss, morgens vor dem Frühstück intensiv fleischig riechende Matschepampe in den Hundenapf zu geben. Ich war ganz dankbar, als wir Otto nach kurzer Zeit schon komplett auf Trockenfutter umgestellt hatten, da er das Dosenzeugs anscheinend nicht vertrug.

Otto hat immer Hunger. Er würde wahrscheinlich auch ein ganzes Kilo Trockenfutter, Apfelmus, Reis oder Hühnerkot herunterschlingen, als wäre es ein Fresswettbewerb. Sobald er seinen Napf akribisch leergeschleckt und geprüft hat, dass wirklich kein winzigster Krümel mehr drin oder drumherum auf dem Boden zu finden ist, schaut er uns mit seinen großen Augen an: *Ich hab Hunger, was gibt's jetzt?*

Was er besonders gern frisst, haben wir inzwischen herausgefunden. Sogar Gesundes ist wider Erwarten dabei, Gurke zum Beispiel. Joghurt, Käse in allen Varianten und Obst, vor allem Bananen und Äpfel – alles in Maßen, auch wegen des Zuckers. Es empfiehlt sich, eine Banane oder einen Apfel unterwegs dabei zu haben, wenn Otto frei im Feld herumläuft und eine Fährte wittert, sonst ist die Chance gering, ihn zurückzurufen. „Mit der Banane wedeln" ist im Dorf schon ein bekannter Ausspruch, klingt nach schlechtem Porno, geschieht hier aber im Wortsinne.

Beim ersten Besuch im Tierfresstempel schüttelte es mich noch, was man da alles für Futter und Snacks kaufen soll, allerlei Gelenke, Knochen, Kniescheiben, Schweineohr, gefüllte Hufe oder Kaugeweih, die auf Englisch gleich ansprechender klingen, wie „Roasted Half Knuckle" zum Beispiel oder „Paddle Bone". Wir sind keine Vegetarier, eher Flexitarier, aber gewöhnungsbedürftig war die Produktpalette schon. Fischhaut und sonstige Fischprodukte kommen nicht ins Haus, das stellte ich gleich klar, höchstens in den Wintergarten.

Manches klang harmlos, offenbarte sich dann aber als undefinierbares Stinkelement, das man unbedingt auf dem Balkon oder der Terrasse lagern sollte.

Wir probierten allerlei aus und stießen dabei auch auf Produkte, die wir nur einmal kauften. Am Anfang war das Schlundfleisch. Klingt nicht schön, riecht aber noch viel weniger schön. Im Charlottenburger Café packten wir das als Snack aus, und die Damen am Nachbartisch in ihren Pelzjacken rümpften pikiert die gelifteten Näschen, ich war hin- und hergerissen zwischen Scham und Schadenfreude.

Ein anderes Mal hatten wir für Otto einen extra großen Schinkenknochen bestellt. Wir waren verabredet und wollten ihn derweil, allein zu Haus, angenehm beschäftigen. Als wir zurückkamen, roch der ganze Flur nach Räucherkammer, der Hund rülpste und übergab sich. Er ist halt maßlos, wer will es ihm vorwerfen.

Natürlich haben wir auch „normale" Leckerlis für den Kleinen vorrätig, die er beim Gassigehen und in der Hundeschule bekommt. Aber mit so einem kleinen Bröckchen lässt sich das schlaue Tier schon lange nicht mehr ködern, wenn es darum geht, dass er unterwegs weder Nutrias jagen noch Aas fressen soll oder bloß darum, dass er ins Haus kommen soll.

Für das Ins-Haus-Locken haben wir eine Geheimwaffe: Hühnerfüße. Da kann er nie widerstehen. Inzwischen bleibt er manchmal auf der Terrasse sitzen wie eine Statue, obwohl ich in der Tür stehe und die Delikatesse hin- und herschwenke. À la: *Versuch's doch, ich durchschaue dich – nicht mit mir!* Aber dann leckt er sich mit der Zunge über die Lefzen, und ich weiß: Ich hab dich.

Einmal war er hinten im Garten beschäftigt, und ich musste ihn, das Lockmittel in der Hand, erst mal aufspüren. Auf dem Weg am Hühnerauslauf vorbei ertappte ich mich dabei, dass ich den Hühnerfuß hinterm Rücken versteckte – was sollen denn die Hühner denken? Soweit ist es schon. Nächstes Mal gibt's wieder Schweineohren.

*

Moorloch

Wir gehen Gassi mit Christo und Bella, übers Feld, und sprechen über Berlin, über früher und unsere Besuche jetzt, ab und zu.

„Berlin ist ein Moorloch", sagt unser Nachbar, streicht sich durch den Bart und schaut nachdenklich in die Ferne.

Ich stutze und denke: Er hat recht, das ist ein passendes, schönes Bild.

„Absolut", sage ich, „die Stadt kann einen wegreißen und runterziehen, wenn man nicht aufpasst."

Versumpfungsgefahr, denke ich und schmunzle kurz über mein tolles Wortspiel. Dabei kann man im Moor eher steckenbleiben, ist ja kein Sumpf.

Früher ... Mir fallen all die Partys und Kneipentouren ein, wie aufregend es war, im Glanz mehr oder weniger prominenter Menschen durch die Nacht zu schweben. Mit Freunden nach einem Konzert noch bei Dosenbier bis in die Nacht auf dem Parkplatz vorm Olympiastadion zu reden und zu lachen. Freitags nach der Arbeit zwölf Stunden in der Bar nebenan zu versacken. So richtig stecken geblieben im Morast ist wohl keiner von den damaligen Freunden. Alle arbeiten, viele haben Kinder, und deutlich älter sind wir sowieso.

Das „Früher" liegt viele Jahre zurück und so schwand bei mir mit dem Älterwerden auch die Fähigkeit, nach einer durchgemachten Nacht halbwegs funktionsfähig den nächsten Tag zu überstehen. Es schwand aber auch die Lust. Viel gesehen, erlebt, gelernt, Zeit für Neues.

„War schon eine coole Zeit", sage ich.

„Auf jeden Fall", sagt Christo leise und zieht an seiner Zigarette, wissender Blick. Marc zuckt die Schultern.

Ich will es gerade nicht zugeben, aber manchmal fehlt mir die Stadt, Berlin, das blubbernde Moor. Beim ersten Besuch Anfang Oktober, als ich die Wohnungsübergabe vorbereiten musste, war ich wie erschlagen von Lärm und Menschen. Ich stieg am Bahnhof Zoo aus, kämpfte mich irgendwie durch das Gewusel und fragte mich, wie das überhaupt funktioniert, dass so viele Menschen es schaffen, sich ihren Weg durch die anderen zu bahnen, ohne ständig anzuecken oder sich über den Haufen zu rennen. Ich war etwas überfordert. Und froh, als ich am nächsten Tag an unserem Kleinstadtbahnhof ankam und dort Marc und Otto stehen sah. Nach Hause kommen, warm ums Herz.

Im Dezember stand wieder ein Berlin-Besuch an, ich hatte einen Friseurtermin vereinbart und wollte vorher eine alte Freundin zum Essen treffen. Es war sehr kalt, die Stadt war recht leer. Ich kaufte in der Karstadt-Lebensmittelabteilung mit großer Freude Sachen ein, die ich im Land-Netto nicht bekomme, es war richtig aufregend. Meine Studienfreundin wiederzusehen, war großartig, wir hatten uns so viel zu erzählen. Und überhaupt: einen vertrauten Menschen sehen. Nichts gegen Marc, aber so ein Austausch mit Freundinnen ab und zu fehlt mir. Telefonisch geht's ja auch, aber wie viel schöner ist es, wenn man sich in den Arm nehmen kann, beim Lachen ansieht und dann noch zusammen ein leckeres italienisches Essen genießt. Zumal wir für unseren Austausch sehr viel Zeit hatten: Meine Friseurin rief an und fragte, wo ich denn bliebe. Ich hatte mich in der Uhrzeit vertan. Da der Salon am anderen Ende der Stadt ist, war mein Termin gelaufen. Also bestellten wir Nachtisch und noch einen Espresso, und das war absolut kein verlorener Tag. Am Bahnhof holten mich Marc und Otto ab, und es war schön, wieder zu Hause zu sein.

Ich vereinbarte, vorfreudig, einen neuen Friseurtermin für den Januar. Ich kam in Spandau an, an einem grauen Tag. Ich trat aus dem Bahnhofsgebäude, dort war es kaum weniger deprimierend als rund um den Bahnhof Zoo. Ich rauchte eine Zigarette und beobachtete das rege Treiben. Eine Frau lehnte an einer Laterne, eine Schale für Geldspenden stand vor ihr auf dem Boden. Zwei junge Männer hatten eine Art Stand aufgebaut und sprachen Passanten an, denen sie wohl etwas verkaufen wollten, ich würde einen Bogen um sie machen. Zwei Polizisten lehnten wie ich an der Bahnhofswand und rauchten. Viele strömten zum U-Bahn-Eingang. Ich schloss mich an. Und merkte: Ich saugte den ganzen Trubel ein, Stimmen, Autolärm, schlechte Luft, ich genoss das alles in dem Moment. Seltsam. Der vertraute Berliner-U-Bahn-Geruch. Die längere Fahrt in der U7 mit ihren fragwürdig designten Stationen – eine Art Heimkommen. Ich hatte früher immer an der U7 gewohnt. Und dann die Wilmersdorfer Straße. Es herrschte eine eigenartige Stimmung, irgendwie gedrückt, es brannte keine Laterne, obwohl es schon dämmerte – Stromsparen. Aber ich fühlte mich wie ein Kind im Spielzeugladen. All die Geschäfte, die es auf dem Land nicht gibt (oder die ich mangels Autos nicht erreichte) – und alle gleich nebeneinander! Erst in die Apotheke, dann zu Rossmann, oh Paradies. Ich kaufte Blumen für die Freundin, bei der ich übernachtete, und erstand auf die Schnelle ein Sommerkleid. In Hochstimmung traf ich bei meiner Freundin ein. Bloß fielen mir dann ganz bald die Augen zu. War wohl etwas viel Stadterleben.

Am nächsten Tag fuhr ich mit Bahn und Bus zu meiner Friseurin, die Sonne schien, ach, Berlin Mitte ist doch ganz hübsch, wenn man bei freundlichem Wetter aus dem Bus draufschaut. Wir vereinbarten direkt den nächsten Termin, drei Monate später. Ich stieg in die S-Bahn, drei Jugendliche saßen da, Oberstufe, ihre Unterhaltung wirkte gebildet, bis auf das „Digger", das einer seinen Sätzen voranstellte. Wir passierten den Hauptbahnhof und der Eine sagte kopfschüttelnd: „Hauptbahnhof ist nicht geil."

Der andere, nachdenklich: „Hauptbahnhof müsste der schönste sein."

Der Dritte: „Digger, Hauptbahnhof ist so random!"

Wo er recht hatte ... Ich stieg am Savignyplatz aus, vergnügt, und eilte zum Mittagessen mit meiner Studienfreundin an den Ku'damm, es gab französische Zwiebelsuppe mit Croutons, mit Käse überbacken, zum Nachtisch feine Mousse au Chocolat. Mit meiner neuen, etwas ambitioniert geföhnten Frisur passte ich in das Nobelrestaurant und das fühlte sich gut an.

Später standen Marc und Otto am Bahnsteig. Ich freute mich heimzukommen, zugleich auf meinen nächsten Besuch.

Verdammte Miststadt, du fehlst mir! Moorloch hin oder her.

Marc sagt gerade, er vermisse die Stadt kein bisschen und zählt bekanntes Negatives auf. Aber so ganz glaube ich ihm das nicht. Zumindest waren wir uns schnell einig, wieder die „Abendschau" des Berliner *RBB* anzusehen, wie früher. Das Brandenburger Pendant – wir haben es versucht. Da geht es meistens um Cottbus, Frankfurt oder Schwedt, unser dünn besiedelter Landstrich kommt so gut wie nie vor. Kohle, Geflügelschau, Feuerwehr. Ich versteh's ja. Aber dann lieber Berliner Crime und buntes Durcheinander, vom Sofa aus betrachtet.

Als wir wieder zu Hause sind, geht mir dieses Bild nicht aus dem Kopf, ein großer, morastiger Tümpel, schlammiger Lebensraum.

„Ich hätte Lust, das zu malen", sage ich.

„Was redest du da?", fragt Marc irritiert.

„Na, das Moorloch Berlin."

„Du solltest echt mal zum Ohrenarzt gehen", meint Marc lachend, „‚Moloch' war das Wort."

*

Goldi muss gehen

„Wollt ihr sie übernehmen?", hatte die Vorbesitzerin unseres Hauses gefragt, „sonst schlachte ich sie."

In einem Auslauf mitten im Garten tummelten sich fünfzehn Hühner und ein Hahn, pickten, scharrten, rannten herum, standen auf einem Bein oder dösten in Kuhlen.

Ich war sehr fürs Übernehmen. Die sollten gemütlich alt werden bei uns.

„Schlachten kann ich dann auch, wenn wir mal ein Suppenhuhn brauchen", meinte Marc.

„Nein, hier wird niemand geschlachtet", sagte ich bestimmt.

Die Szene fiel mir kürzlich aus gegebenem Anlass wieder ein.

Die kleinen plusterigen Viecher mit ihren wachen Augen und lustigen Dinosaurierfüßen waren mir schnell ans Herz gewachsen. Und Marc ging es genauso. Er behauptete zwar, das wären nur Nutztiere, war aber derjenige, der ihnen kurz nach unserem Umzug schon ein Klettergerüst aus Gardinenstangen und Holzlattenresten baute, sogar mit Schaukel.

Ich hätte sie gern im ganzen Garten frei herumlaufen lassen, aber dazu wird es nicht kommen. Sie würden Beete und Wiese gründlich umgraben, wie Marc einwarf, aber damit könnte ich leben.

„Wenn du sie im Garten frei herumlaufen lässt, musst du sie abends auch alle wiederfinden und in den Stall bringen", sagte ein Freund, der sich auskannte. Auf viertausend Quadratmetern Hühner zu suchen, erschien mir dann doch nicht so attraktiv. Was aber ausschlaggebend war und ganz entschieden gegen freilaufende Hühner sprach und spricht, ist Otto. Als wir im Herbst mit ihm aufs Dorf gezogen waren, hatte ich zunächst noch gedacht: Der kennt ja Hühner vom Züchter. Ich hatte allerdings nicht sein Verhältnis zum Federvieh hinterfragt.

Marc behauptete anfangs, dass er nur spielen wolle. Ja, er legt sich vor den Zaun, Hintern hoch, aufgeregtes Schwanzwedeln, mit den Vorderpfoten bearbeitet er ausgiebig die Baumstämme, die unten quer am Zaun liegen, um Raus- oder Reingraben zu verhindern. Das macht er jeden Tag, und für mich sieht das eher aus wie der Plan: Jagen – Töten – Fressen. Selbst wenn er nur spielen will, ein Prankenhieb reicht, oder das Huhn fällt vor Schreck tot um, die haben ja schwache Herzen.

Also wird's nichts mit der großen Freiheit.

Auch ein flexibler Geflügelzaun, um ihnen wenigstens in wechselnden Bereichen des Gartens Unterhaltung und Wiese zu bieten, kommt leider nicht in Frage – Otto macht flexible Zäune locker platt.

Als romantischer Städter hatte ich den Hühnern in den ersten Wochen schon Namen gegeben, je nach Aussehen und Charakter. Schmutzi zum Beispiel, mit schmutzig-weißem Federkleid, ist neugierig, recht zutraulich und auch mutig. Wenn unser verrückter Hund versucht, die Pfote durch eine Zaunmasche zu strecken und alle anderen auseinanderstieben, hält sie stand, Aug in Aug mit dem Fellmonster. High Noon ...

Huhn Pöschel ist grauweiß, mit einem Puschel auf dem Kopf und nicht minder puscheligen Füßen. Eher grobmotorisch, aggressiv und mit Vorsicht zu genießen. Ebenso wie Ausbrecherkönigin Willi, die immer gleich einen Weg in die Freiheit sucht, wenn ich das Tor öffne oder den Stall.

Die Kleinen sind ganz unterschiedlich, von schüchtern bis frech, von freundlich bis biestig, von schläfrig bis abenteuerlustig. Ich beobachte sie gern, das ist gute Unterhaltung, leicht meditativ. Und ich bewundere die unterschiedlichen Eier: braune, weiße, bläuliche, gesprenkelte, dicke, dünne, kleine und riesige; da staunt der Discounter-Bio-Ei-Käufer erst einmal. Im Winter waren es pro Tag null bis drei Eier, Marc sprach schon wieder von Schlachten und Zukaufen.

Ja, die Tiere machen auch Arbeit, aber doch mäßig. Nur das frühe Aufstehen nervt. Was für ein Segen, wenn wir endlich eine automatische Hühnerklappe haben werden, an der Marc seit mehr als einem halben Jahr immer mal wieder werkelt. Wir könnten sowas auch einfach bestellen, aber das wäre gegen die Heimwerkerehre.

Meistens stehen sie morgens schon am Fenster und warten, endlich raus zu kommen, da wir es selten schon pünktlich zum Sonnenaufgang schaffen. Es würde mich nicht wundern, wenn sie empört die Flügel in die Seite stemmen und vorwurfsvoll nach oben zeigen würden: *Hast du mal in den Himmel geguckt? Weißt du, wie hell das schon ist? Zackzack!* Ich streue ihnen Weizen in den Auslauf und öffne die Klappe. Sofort purzeln und quellen alle raus aus dem Stall, mehr über- als nebeneinander, jeden Morgen ein herrlicher Comic-Moment.

Anfangs beachteten die Hühner uns gar nicht, aber damit sie etwas Abwechslung haben, auch kulinarisch, „besuche" ich sie täglich, mal mit einer Schubkarre Laub, mal mit Unkraut, Grasschnitt, übriggebliebenen Kartoffeln oder etwas Vogelfutter. Inzwischen sammeln sie sich schon, wenn ich fünfzig Meter weiter auf der Terrasse sitze. Komme ich in den Auslauf, picken sie mir frech in die Stiefel, Hose, Handschuhe. Dick sind sie geworden. Manchmal stecke ich Giersch, Löwenzahn oder Blumenkohlblätter in die Zaunzwischenräume, unterschiedlich hoch, sodass die Hühner hüpfen müssen für den Snack, etwas Gymnastik für die moppeligen Damen.

Zunächst pflückte ich besonders viel Franzosenkraut, was den Hühnern anscheinend richtig gut schmeckte – dominant im Beet, aber voller Vitamine und Proteine, dazu Eisen, Kalzium und Magnesium. Schon einen Tag später hatten sie Durchfall. Anscheinend waren sie gar kein Grünfutter gewöhnt. Also radelte ich zur Apotheke und kaufte Kohletabletten.

„Sind die für Sie?", fragte die Apothekerin.

„Ähm, nein, für die Hühner."

„Ach so", sagte sie und schien sich nicht zu wundern.

Zwei Tage lang gab es dann gar kein Grünzeug, stattdessen eingeweichtes Toastbrot und weich gekochten Reis mit zermörserten Kohletabletten. Es funktionierte.

Um vorzubeugen, fing ich an, regelmäßig pflanzliche Wurm-kuren ins Futter zu mischen und alle paar Tage das Trinkwasser mit Apfelessig zu ergänzen – soll gut für die Verdauung sein.

Eierschalen mische ich dem Futter auch immer mal wieder bei, für die Kalziumzufuhr.

Nachbar Schulz, sagte: „Die musst du ganz fein zermahlen, sonst erkennen die das als Schale und fangen an, ihre eigenen Eier anzupicken."

Ich weiß bis heute nicht, ob das ernst gemeint war oder er die doofe Städterin auf den Arm nehmen wollte, also zermörsere ich die Schalen immer, bis sie nur noch Pulver sind – sicher ist sicher.

Als Cabrio durch Parasitenbefall immer weniger Federn auf dem Rücken hatte, war es Marc, der ihren Rücken abends mit Kiesel-gur puderte und den Stall desinfizierte. Ich hatte schon eine An-leitung heruntergeladen für Hühnerpullis und ein altes Shirt in Form geschnitten, aber das Puder wirkte Wunder. Sonst hätte Cabrio ein Mäntelchen bekommen, es war doch schon Winter.

Marc rollte mit den Augen und murmelte was von „Kopf ab".

Er war es dann, der eine Infrarotwärmelampe für den Stall bestellte, da die Nachttemperaturen auf minus sechs Grad ge-sunken waren. Die versah er mit einer Zeitschaltuhr. So hatten die Hühner es nachts recht muckelig. Und auch abends Licht im Stall, soll ja angeblich die Legeleistung verbessern.

Morgens hämmerte ich die Eisschicht vom Wasser.

Die Tiere wirkten trotz der Kälte munter, auch die genesene Cabrio.

Ein Tier war besonders munter. Wir hatten uns schon gewundert, es wirkte sehr kräftig. Wir nannten es Pumpi und stellten uns vor, wie es im Stall heimlich Klimmzüge und Liegestütze machte und kleine Gewichte stemmte. Pumpi wurde immer größer. Das Tier stand meistens abseits der Gruppe. Eines Wintermorgens thronte es auf der obersten Stange des Klettergerüsts und krähte schräg. Pumpi war offensichtlich ein Hahn. Herr Schulz wollte ihn schließlich nehmen.

„Will der den *essen?*", fragte Christo ungläubig.

„Na, warum nicht?", meinte Marc.

„Das ist doch auch ein Lebewesen", gab Christo zu bedenken.

Danke!, dachte ich.

Es war keine schöne Vorstellung, aber was hätten wir sonst machen sollen? Ausquartieren, einen extra Stall mit Gehege bauen? Eine weitere kleine Hühnerschar für Pumpi dazu holen? Man kann es übertreiben. Tja, heute noch wohlgenährt, stattlich und wirklich sehr schön, im Vollbesitz seiner Hahneskräfte, morgen schon nen Kopf kürzer …

Herr Schulz brauchte dann aber einen Hahn für seine eigenen Hühnerdamen. Also kein Hackebeil und kein Kochtopf.

Ein weiteres Tier mussten wir abgeben, da sie die anderen böse gemobbt hatte, diesmal doch Kochtopf. Wer anderen in die Augen pickt … Mein Mitgefühl hielt sich in Grenzen.

Der Rest der Truppe wird sich womöglich noch selbst dezimieren – man bricht gern aus. Einmal hatte ich mich mittags hingelegt, als Marc plötzlich rief:

„Frau! Massenausbruch!"

Flott war ich im Garten. Der Verdacht fiel auf mich: Ich hätte das Tor zum Auslauf nicht richtig geschlossen. Nun scharrte und pickte die Hälfte der Gruppe friedlich hinter dem Gehege herum. Interessanterweise entfernen sie sich zumindest nie weit von den anderen. Wir konnten die Ausbrecherinnen schließlich zum Teil einfangen und zum Teil mit Futter wieder reinlocken.

Wie sich herausstellte, war es dann doch nicht meine Schusseligkeit, sondern der Wind, der das Tor zum Gehege manchmal aufwehte. Bis wir das herausgefunden hatten, wurden wir zu Routiniers für Massenausbrüche – nun ist der Schließmechanismus repariert.

Und demnächst müssen wir ihnen die Flügel stutzen – es gab schon kecke Zaunüberflüge. Ich bin jedes Mal froh, wenn Otto dann gerade nicht im Garten ist. Die meisten kann man flott einfangen, mit anderen drehen wir erst mal ein paar Runden um den Auslauf.

Ich fürchte, sie sind nicht besonders klug, zumindest habe ich noch nicht erlebt, dass eins es allein zurück über den Zaun geschafft hätte.

Kürzlich war es leider so weit: Ich betrat mit Otto den Garten, und in dem Moment flatterte Goldi II über den Gehegezaun. Otto spurtete los, ich hinterher. Hühner sind ja wendig, aber es gelang ihm trotzdem nicht zu entkommen. Otto hatte es schon am Bürzel erwischt, als ich ihn am Halsband wegziehen und ins Haus manövrieren konnte, Hühnerfedern im Maul. Von wegen „nur spielen". Goldi II hatte zum Glück nur ein paar Schwanzfedern eingebüßt und auch keinen Herzschlag erlitten, sie saß ganz still am Zaun zum Nachbargrundstück, es sah aus, als müsste sie sich kurz sammeln.

Abgesehen von Otto gibt es Füchse, die sich laut einer Nachbarin auch durchaus bei Tage den Hühnern nähern. Und andere hühneraffine nachtaktive Tiere wie Marder, wie wir inzwischen wissen. Chancen hätte es nachts schon gegeben: Einmal schloss ich abends den Stall, und am nächsten Morgen meinte Marc, Willi hätte die Nacht allein draußen verbracht. Hatte ich das arme Tier vergessen. Ein anderes Mal schoss ich spätabends aus dem Bett hoch, weil ich dachte, ich hätte den Stall nicht geschlossen. Als ich mich mit der Stirnlampe näherte, sah ich, dass alle sich draußen auf zwei Stangen an- und ineinandergekuschelt hatten – da hatte ich mittags nach dem Kotbrett-Reinigen die Klappe nicht wieder geöffnet gehabt. Die Hühner waren so verschlafen, dass wir sie reintragen mussten.

Nun, noch leben sie – fast – alle. Und sind inzwischen auch beim Veterinäramt und bei der Tierseuchenkasse korrekt angemeldet. Nach der Registrierung bekommt man ein Informationsblatt mit Geflügelpest-Vorsichtsmaßnahmen zugeschickt. Das ist natürlich sinnvoll, auch wenn ich mich frage, ob das irgendjemand eins zu eins umsetzt. Also zum Beispiel das Trennen von „stall-eigener" und sonstiger Kleidung. Ich ziehe mich nicht jedes Mal um, wenn ich den Stall betrete, um nach Eiern zu schauen. Ich habe gleich ein „Shopping-Queen"-Motto im Kopf: „Robust ist Trumpf – sei in deinem neuen pickfesten, aber stilvollen Outfit der Star beim Ausmisten im Hühnerstall." (Und dann stopfe dein Outfit in eine luftdichte Tüte, um es später bei neunzig Grad zu waschen.)

Die Lektüre der Broschüre lohnt sich schon für das Lernen neuer Begrifflichkeiten wie „betriebsfremdes Geflügel". Und für den wunderbaren Satz: „Das Risiko weiterer Einträge in deutsche Geflügelhaltungen durch Wildvögeln [sic!] wird aktuell [...] als hoch eingestuft."

Nun könnte ich dem Amt mitteilen, dass es ein Huhn weniger gibt, aber das ist in der Größenordnung sicher nicht relevant, auch nicht für den Jahresbeitrag.

Ich bemerkte vor einer Woche, dass Goldi I fast nur noch im Stall saß, entweder in einem der Kästen oder auf dem Boden.

„Was du dir wieder Sorgen machst", sagte Marc.

Er war es, der genau nachschaute und meldete:

„Das Huhn hat offene Füße."

Schnell gegoogelt: Kalkbeinmilben, auch Krätzmilben genannt.

Marc weichte Goldis Füße abends in Öl ein. Wir beobachteten sie ein paar Tage, ich gab ihr Futter im Stall und stellte ihr ein Wasserschälchen hin. Wenn sie doch mal rauskam, pickten die anderen Hühner nach ihren blutigen Füßen, ein Trauerspiel.

„Ich muss sie schlachten", sagte Marc.

Ich musste ihm zustimmen. Dem Huhn ging es schlecht, und außerdem galt es zu vermeiden, dass die Milben auch auf die anderen Tiere gehen würden.

Das war kein schöner Tag. Otto und ich blieben im Haus, Marc ging mit dem Beil Richtung Hühnerstall und kehrte nach einer Viertelstunde blutbefleckt zurück. Es sei ganz schnell gegangen, sagte er. Und dass sie zu dünn für ein Suppenhuhn gewesen wäre. Ich hätte sie ohnehin nicht gegessen.

Eine Bekannte aus der Stadt fragte: „Hättet ihr sie nicht beim Tierarzt einschläfern lassen können?"

Ich bin mir nicht sicher, ob das ernst gemeint war.

Möge der Rest der Bande gesund und munter alt werden. Ich werde euch Gras aussäen in eurem Auslauf, und Eier legen müsst ihr nicht. Habt Spaß und fallt einfach irgendwann altersschwach um.

*

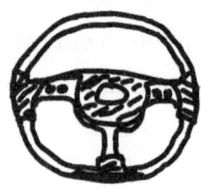

Vier Räder für ein Halleluja

Ich schwitze. Ich hatte extra das teure Deo aufgelegt und was aus Merinowolle angezogen, weil ich schon wusste, dass ich schwitzen würde. Hilft alles wenig gegen Angstschweiß. Ruhepuls ist das auch nicht, dabei sitze ich. Eher Herzrasen. Zittern meine Hände? Am besten steige ich aus und gehe wieder ins Haus. Meine Aufgabe erscheint mir zu groß, schier übermenschlich: Autofahren.

Damals, vor fast anderthalb Jahren, als unsere Entscheidung für einen Umzug aufs Land feststand, sagte Marc, ich würde ein Auto brauchen.

Ich winkte erst mal ab: „Ich hab doch zwei Fahrräder."

Er brachte einige gute Argumente vor, wie Infrastruktur oder Winter. Ich dachte mir, es würde schon notfalls auch einen Bus geben, zeigte mich aber einsichtig, um die Diskussion zu beenden. Insgeheim belächelte ich ihn für seine übertriebenen Mobilitätssorgen.

Autofahren und ich, das gehörte bisher nicht zusammen. Mit Mitte vierzig machte ich den Führerschein, warum genau, weiß ich nicht mehr, schließlich lebten wir in der Großstadt, und ich war bisher hervorragend mit dem Rad überall hingekommen, bei Sturm oder Glatteis mit Bus oder Bahn, eng getaktet, alles gut erreichbar.

Mein Fahrlehrer war chronisch übellaunig und gereizt. Ich hatte aber keinen Vergleich und dachte: Das muss so. Die Alarmglocken hätten bei mir spätestens schrillen sollen, als er bemerkte, es würde ihm furchtbar auf die Nerven gehen, wenn ihn ehemalige Fahrschüler auf der Straße grüßten. Die Prüfung bestand ich auf Anhieb, wahrscheinlich aus schierer Angst vor meinem Fahrlehrer.

À propos Angst – die begleitete mich fortan, sobald ich nur ans Autofahren dachte. Auch wenn mich niemand mehr von der Seite anschnauzte, hatte ich die ganze Zeit nur einen Gedanken: Ich bin hier in einer Waffe unterwegs, behindere und gefährde alle anderen Verkehrsteilnehmer und bringe auch mich selbst in Todesgefahr. Wie sollte ich gleichzeitig auf das um mich herum wuselnde Chaos achten, auf Gangschaltung, Kupplung, Gas und vor allem Bremse?

Anfangs stellte ich mich meinen Bedenken immer wieder, mit der Routine würde das schon werden, meinte Marc und lieh mir mutig seinen Wagen. Die Routine wollte sich bei mir nicht einstellen. Schließlich touchierte ich beim Ausparken, noch nicht mal beim Einparken, was ein kleines bisschen weniger peinlich gewesen wäre, den Smart einer Nachbarin, woraufhin von diesem ein Plastikteil abfiel. Ich setzte mich danach nicht mehr ans Steuer.

„In den Carport passt sogar der Kastenwagen!", rief Marc begeistert, nachdem wir die Zusage für unser Haus bekommen hatten, und ergänzte: „Und du kannst dein Auto dann in der Scheune parken."

„Ja, irgendwann", sagte ich. Es gibt zwar hier im Dorf wirklich nichts, bis auf eine Pension mit saisonalem Cafébetrieb am Schloss, aber ich berechnete mithilfe von Google Maps akzeptable Fahrradtouren: zwanzig Minuten nach Südosten bis zum Supermarkt, zum Arzt, zum Landcafé. Fünfundzwanzig Minuten nach Nordwesten zu Blumenladen, Apotheke, Markt. Und fünfundzwanzig Minuten nach Norden zum Bäcker und zur Tankstelle. Klang alles machbar – und frische Luft tut gut.

Marc redete aber hartnäckig auf mich ein, und da er meistens am Ende recht hat, bestellte ich im Sommer vor unserem Umzug ein Auto. So klein wie möglich, Automatik, Elektroantrieb.

„Vielleicht wird es noch dieses Jahr gefertigt", sagte der Autoverkäufer.

Im milden Herbst funktionierten meine Radtouren gut. Ich genoss es, mal rauszukommen aus dem Dorf, mich zu bewegen, Waldluft zu atmen, in Sonnenlicht getauchtes Herbstlaub zu bestaunen.

Verständlicherweise war Marc bald genervt, dass er jeden Großeinkauf tätigen musste, dass er mit mir und Otto wöchentlich zur Hundeschule und ab und zu zum Tierarzt fahren musste. Dass er mich ein paar Mal zur Physiotherapie bringen und mit dem Hund auf mich warten musste. Und mir war es zunehmend unangenehm, ihn immer noch zusätzlich zu Arbeit, Garten und Haus auf Trab zu halten.

„Es gibt Engpässe", sagte der Autohändler im frühen Winter. Zu dem Zeitpunkt hatte ich das Radfahren schon aufgegeben. Alle Wege führen hier durch Wald und Feld, und sie waren matschig, voller Laub oder beides. Bei Nebel und feuchter Kälte im Gegenwind im immer gleichen Wald. Schniefend, triefend und mit beschlagener Brille beim Arzt anzukommen und umständlich aus der Regenhose zu steigen – ein Traum.

Es gibt einen Bus, aber wir haben den Fahrplan bis heute nicht durchschaut. Zu Schulzeiten morgens und mittags, nicht in den Ferien, unter den Bedingungen a) bis x) dann und dann und sonst auf Anruf. Vielleicht muss man mit dem Busfahrplan aufgewachsen sein, um ihn zu verstehen.

Trotzdem war ich erleichtert, als der Autohändler die Verzögerung ankündigte. So konnte ich das heikle Thema noch etwas verdrängen. Und fühlte mich hier doch zunehmend gefangen. Winter auf dem Dorf ohne Auto. So langsam konnte ich nachvollziehen, was ausnahmslos alle Freunde, die auf dem Land großgeworden waren, sagten: „Der Führerschein war Freiheit!" Hatte ich stets für übertrieben gehalten, jetzt nicht mehr.

Ich könnte den Wagen schon zulassen, sagte der Autoverkäufer. Wegen der E-Prämie, die konnte ja nur noch bis Ende des Jahres beantragt werden. Wider Erwarten klappte das alles gut, stolz trug ich meine ersten eigenen Nummernschilder aus der Kfz-Zulassungsstelle. Mit einem unmerkbaren Kennzeichen. Ich wollte keins dieser lustigen Nummernschilder – die Optionen mit „PR" wären ohnehin überschaubar gewesen. „PR-OLL" vielleicht oder „PR-IL", haha.

„Es dauert noch vier bis sechs Wochen", sagte der Autoverkäufer Anfang Januar. Ein kurzer Schreck: Nun musste ich mich wirklich mit den Finessen des Autofahrens beschäftigen. Tutorials auf YouTube übers Automatikfahren anschauen vor der ersten Fahrstunde, um nicht als Komplettversagerin dazustehen. P – R – D – N – S.

Der Fahrschullehrer aus dem Nachbarort wurde zu meinem wöchentlichen Sozialkontakt. Sollte ich jemals einen Krimi schreiben, wird ein Fahrschullehrer vorkommen. Entweder als Informant der Detektivin, denn in seinem Beruf kommt man rum und kennt jeden und gleich die Geschichten dazu, wer mal wie lange in Südafrika gelebt hat, wessen Scheune warum abgebrannt ist, welches Restaurant demnächst schließt ... Oder gleich als Mordopfer, weil er halt zu viel wusste.

Nach der ersten Fahrstunde, in der ich sehr geschwitzt hatte, aber uns beide wieder heil vor unserem Haus abstellen konnte, guckte unser Hundekind übers Tor, auf das es schon die Pfoten legen konnte, und freute sich riesig. Wüsste ich nicht, dass Otto sich stets so sehr freut, als käme man nach einer Weltreise endlich zurück, man hätte meinen können, auch er wäre erleichtert gewesen, dass ich wider Erwarten unversehrt zurückgekehrt war.

Ich war selbst überrascht, dass es mir zunehmend Spaß machte, in dem Automatikwagen mit Sitz- und Lenkradheizung und vielen Hilfsmitteln, die ich alle von dem Fahrschul-Polo damals nicht kannte, unterwegs zu sein. Dörfer, Elbdeichstraße, Elbe, Auen – ich bekam Lust auf Entdeckungstouren. Nur wenn mein Fahrlehrer zwischendurch, bei Tempo einhundert auf der Landstraße, aufs Handy schaute, wurde mir ganz anders. Ich versuchte, mir einzureden, dass er meinen Fahrkünsten auf gerader Strecke vertraute.

Ich hätte mir gut vorstellen können, auch weiterhin einmal pro Woche mit meinem Fahrlehrer herumzukurven und dabei seinen Geschichten zu lauschen, natürlich am liebsten mit ihm am Steuer.

Aus „drei bis vier" Stunden wurden am Ende sechs Doppelstunden. Viel Geld, aber es schien mir gut investiert zu sein, Marc stimmte mir ausnahmsweise zu. Ich hatte wirklich einen Großteil des praktischen Fahrwissens vergessen. Meine größten Baustellen: Spur halten und das Tempo in Kurven und beim Abbiegen. Auch eine gewisse Nachlässigkeit gegenüber Temposchildern.

Ein beliebter Satz meines Fahrlehrers: „Hier wären Sie in der Prüfung durchgefallen."

Marc fragte nach jeder Stunde: „Hat er dir wieder ins Lenkrad gegriffen?"

„Nur zweimal."

„Oh nein, warum denn das?" Mit leichtem Nachklang von: Wie willst du denn je fahrtauglich werden?

Mitte Februar fragte ich im Autohaus nach, und ich gebe zu, inzwischen freute ich mich ein kleines bisschen auf meinen Kleinstwagen, der offiziell hochtrabend „Schräghecklimousine" heißt.

„Gut, dass Sie fragen!", rief der Autohändler, „der Wagen ist nächste Woche abholbereit."

Tief durchatmen, es wurde ernst. Noch eine Doppelstunde im Fahrschulwagen, wegen der Kurven und Weggabelungen und auch, um noch mal Einparken zu üben.

„Einparken muss man hier nicht können", sagte Anni lachend. Aber es wäre doch schön, ich wüsste, dass ich es notfalls hinkriege.

Gegenüber versucht die alte Frau Fischer, ihren optisch kaum weniger alten Škoda unfallfrei zurückzusetzen. Sie ruckelt auf die Straße, über den Randstreifen, würgt den Motor ab. Nimmt wieder Anlauf und noch einmal. Winkt Herrn Schulz vorbei, bevor sie es, ihre Augen hinter den dicken Brillengläsern dicht an der verschmierten Scheibe, schließlich schafft, von dannen zu ziehen. Herr Schulz und ich sehen uns an und zucken mit den Schultern. Okay, Frau Fischer ist im Vergleich zu mir und auch zu allen Rasern, die täglich durchs Dorf heizen, das allemal größere Verkehrsrisiko.

Ich drücke auf „Start", den Fuß auf der Bremse, wähle „D" wie „Drive", löse die Handbremse, schaue in alle Spiegel und über meine Schulter, es könnte ja ein Huhn auf die Fahrbahn preschen. Noch einmal mein Mantra in Gedanken: erst gucken, dann lenken. Erst lenken, dann Gas geben. Und nie, niemals Gas und Bremse verwechseln. Ich bin bereit. Vorsichtig den Fuß von der Bremse lösen. Ich rolle. Ich fahre!

„Wie hat's geklappt?", fragt Marc später.

„Gut, hat sogar Spaß gemacht."

„Na, halleluja!" Er klingt sehr erleichtert.

Mein kleines Auto und ich, wir sind nun mehrmals in der Woche gemeinsam unterwegs. Ich muss ja üben und ich will auch. Es fühlt sich gut an, auf der Landstraße allein durch die Felder zu brausen, der Sonne entgegen. Wenn das Tempolimit aufgehoben ist, dank Elektromotor flott davonzuziehen. Allein, dass ich ins

Auto steigen und losfahren kann, löst ein Hochgefühl aus, nicht wie früher schiere Panik. Ich muss auch nicht mehr nach jeder Fahrt die Klamotten wechseln.

Meine „Schräghecklimousine" hat schon einen Namen: Beule. Ich habe mir beim Einparken in meinen Scheunen-Carport eine großflächige Delle in die rechte Seite gefahren, aber „Delle" klingt als Kosename seltsam.

„Du musst die Versicherung anrufen und in die Werkstatt!", ruft Marc.

„Warum?", frage ich. „Ist doch ein Gebrauchsgegenstand."

Ich habe die Deutschen und ihr Verhältnis zum Auto nie verstanden. Ich streiche über Beules Delle und freue mich auf unsere nächste Tour.

*

Wehwehchen rund um Magen und Darm

Wie sorgten wir uns am Anfang, wenn Welpe Otto mal Durchfall hatte oder brechen musste! Was hat der Kleine? Hat er sich vergiftet? Wie geht's ihm? Was sollen wir tun, wie können wir ihm helfen? Und igittigitt. Wie aufgescheucht kreisten wir um ihn und seine Hinterlassenschaften. Geht es Menscheneltern auch so, dass man sich auf einmal wortreich und detailgenau über Form, Farbe und Konsistenz von Kot austauscht?

Inzwischen wissen wir: Der Hund hat manchmal Durchfall und übergibt sich ab und zu, und in der Regel ist das harmlos. Unterwegs findet er oft was im Unterholz, was er sich einverleibt, so schnell kann man gar nicht bei ihm sein. Schnauzgriff von oben, leicht angeekelt die Hand ins Schnäuzchen und tasten, nichts, hat er natürlich schon runtergeschluckt, er ist ja nicht doof. Das klappte anfangs noch, inzwischen schluckt er einfach schneller. Ein Unterschied zu Katzen: Die sind so schlau, gar nicht erst was Unbekömmliches zu fressen, heißt es.

Zur Ehrenrettung der Spezies Hund muss man aber sagen: Zumindest frisst unser Freundchen keine für ihn giftigen Pflanzen. Er schnuppert, manchmal beißt er eine Blüte ab oder beknabbert vorsichtig ein Blatt, aber er schluckt das nicht. Scheint instinktiv so eingebaut zu sein. Hoffe ich zumindest. Die erste Tulpenknospe im Küchenbeet – neu, unbekannt, also spannend – die knipste er leider gleich ab und zerlegte sie, dann ließ er sie immerhin liegen.

Als Welpe übergab er sich alle paar Wochen mal, inzwischen hat das deutlich nachgelassen.

Unsere Erfahrungen bisher: Erstens sieht das, was da rauskommt, ziemlich genau so aus, wie das, was der Hund gefressen hat, ob Trockenfutter oder Gurke, alles ist noch gut erkennbar, bloß sehr schleimig. Und es riecht auch bloß nach dem, was er gefressen hat. Das ist gut, es sei denn, er hatte zum Beispiel anderer Hunde Kot intus oder an einem Kuhfladen genascht ... Zweite Erkenntnis: Meistens geht es ihm gleich nach dem Entleeren schlagartig wieder gut.

Ich knie mich nieder, bewaffnet mit einer Küchenrolle, um seine Spuren zu beseitigen, er schnüffelt interessiert an seinem eigenen Erbrochenen, *och, das riecht aber lecker, da probier ich mal.* Stop! Also die Fundstelle direkt abdecken mit Küchenrolle, den Hund am besten wegschicken, so möglich.

Nach ein paar Monaten hatten wir uns schon deutlich entspannt. Otto übergab sich mal wieder. Ich war im Bad, Marc rief im Vorbeilaufen aus dem Flur:

„Der Hund hat gekotzt."

„Wo?"

„Im Garten."

„Ach so."

Der erste Durchfall hier auf dem Lande versetzte uns auch in Aufregung. Zuerst fragt man sich, was man falsch gemacht hat: Was haben wir dem Kleinen denn gegeben, das er nicht vertragen hat? Oder steckt was Ernstes dahinter? Googeln und gruseln. Kohletabletten! Hatte ich ja ohnehin schon für die Hühner gekauft.

Sollte man für Hunde immer vorrätig haben, um notfalls bei Vergiftungen schnell reagieren zu können. Gegen den Hundedurchfall scheinen sie auch zu helfen. Am nächsten Tag schon hatte sich die Verdauung normalisiert. Hätte sie vielleicht auch ohne die Tabletten, wer weiß.

Mit etwa neun Monaten bekam er wieder Durchfall, über Wochen, ein Auf und Ab. Er hatte einen Weg auf den Komposthaufen gefunden und dort womöglich unter anderem Hühnerkot gefuttert, und die Hühner hatten gerade auch Verdauungsprobleme. Dabei wirkte er weiterhin wach und aktiv. Ein Test beim Tierarzt ergab: Spulwurmeier. Die Tabletten schlugen nur mäßig an. Wir kochten Otto Reis und Möhren. Und ich dachte beim Knuddeln an Zoonosen. Der Durchfall hielt an.

Der nächste Test in einem externen Labor: teuer, aber negativ. Wir stellten das Futter um, und allmählich besserte sich Ottos Stuhlgang. Die Ernährung ist oft der Schlüssel, einleuchtend, aber als besorgter Hundeanfänger denkt man gleich an die schlimmsten Krankheiten.

Bei der Aufzählung appetitlicher Gesundheitsthemen dürfen Blähungen natürlich nicht fehlen. Otto hat ab und zu so eine Phase. Es ist schwer erträglich, aber beim ersten Mal fanden wir es trotzdem noch ganz lustig. Vielleicht wie sich Eltern über das erste Bäuerchen ihres Nachwuchses freuen. Beim nächsten Mal begannen wir, uns Gedanken zu machen, ob dem Hund was fehlt. Internetrecherche. Da die bestialischen Dämpfe nur alle paar Wochen geballt auf uns herniedergingen, wollten wir lieber erst mal was Pflanzliches ausprobieren. Fencheltee. Marc goss das kochende Wasser über den Teebeutel, und wir rümpften beide die Nase.

„Riecht wie früher, wenn ich krank war", sagte Marc.

„Das war bei mir Kamille", entgegnete ich. „Sowas Schlimmes wie Fenchel musste ich noch nicht mal als Kind trinken."

„Oder Hagebutte, im Landschulheim", ergänzte Marc, und wir schauderten beide.

Das mit Fencheltee versetzte Wasser sah aus wie Urin. Der Hund nippte und ließ es stehen. Wir können es ihm nicht verdenken und leben seitdem mit den gelegentlichen Geruchsbomben.

Pupsen muss er, von länger währenden Blähungen abgesehen, ohnehin beinahe täglich. Nämlich, sobald er sich entspannt. Selbst wenn er ruhig im Flur auf seiner Decke liegt, erübrigt sich die Frage: „Wo ist der Hund?" Man riecht es.

*

Früher war hier nur Sterben

„Habt ihr keine Angst, so einsam, allein in eurem Haus, in so einem kleinen Dorf, nachts ...?", fragten unsere Freunde aus der Stadt, als wir erzählten, dass wir ein Haus in Brandenburg, ausgerechnet in der Prignitz und dann noch in einem so winzigen Dorf gekauft hatten.

„Die gucken alle zu viel ‚Aktenzeichen XY'", sagte Marc. Als ob wir die Sendung nicht auch immer anschauen würden. Vorab hatte ich wirklich befürchtet, ich würde mich hier ängstigen, aber ich fühle mich vor allem sicherer als in der Großstadt. Und wenn ich um Hilfe schreien würde, käme bestimmt ein Nachbar zur Hilfe, also falls er mich hört.

Manchmal wurde mir gerade in den ersten Wochen kurz etwas mulmig, wenn ich Leute beobachtete, die meines Wissens nicht unmittelbar zum Dorf gehörten, was aber wohl mehr mit meiner Phantasie und meinen Fernsehgewohnheiten zu tun hatte. Einmal fuhr ein schwarzer, älterer Mercedes, wie wir sie aus Albanien kannten, im Schritttempo die Straße entlang, Beifahrerin und Fahrer wirkten, durch Fenster und Vorgarten betrachtet, wie ein Rentnerpaar, sie glotzten ungeniert, links und rechts, ich nickte freundlich. Wahrscheinlich spionierten sie nichts aus, sondern gehörten einfach zu den wenigen Durchfahrenden, die sich an die Tempo-Dreißig-Zone halten. Einmal radelte ein junger Typ vorbei, fleckige Jeans, Hoodie, Kappe, und betrachtete ausgiebig die Vorgärten. Womöglich bloß ein Malergeselle mit Vorgartenfetisch auf der Heimfahrt.

Den besorgten Verwandten und Freunden antwortete ich: „Der Hund wird uns schon beschützen, wenn mal jemand Fieses auftaucht."

Nun ja, mir war schon klar, dass Otto, das aufgeschlossene und freundliche Hundekind, böse Menschen höchstens in die Flucht schlabbern oder pupsen würde.

„Und wie ticken die Prignitzer?", wurden wir gefragt, kaum dass wir umgezogen waren.

Als ob man das nach ein paar Wochen schon beurteilen könnte. Das fällt mir auch nach einigen Monaten noch schwer. Bodenständig sind die Prignitzer, würde ich sagen. Naturverbunden.

Und für ein Schwätzchen am Gartentor sind die Leute zu haben, vor allem die Männer. Definitiv wortreicher als wir Pottler, nicht auf so eine „Frohnatur"-Art wie die Rheinländer.

„Kommst du nicht ran", sagen Bekannte, die schon seit Jahren in der Gegend leben. Weiß ich nicht. Bisher fühle ich mich willkommen, auch wenn es, bei weniger als vierzig Einwohnern erstaunlich, immer noch drei bis vier Menschen gibt, mit denen ich bisher noch nie ein Wort gewechselt habe, einfach weil ich sie nie sehe, da sie am anderen Ortsende wohnen und anscheinend selten vor die Tür gehen oder nur an Wochenenden hier sind.

Otto hat sicher dabei geholfen, dass uns der Start hier leicht gemacht wurde – fast alle haben Hunde, da kommt man schnell ins Gespräch, erst recht, wenn die Kleinen unter unserer Aufsicht zusammen im Garten spielen.

Auch eine beliebte Frage bei Freunden: „Habt ihr da einen Supermarkt? Und Ärzte?"

Nein, haben wir nicht, wir haben eine Pension mit Café, das im Sommer geöffnet hat.

Betroffenheit. Zaghaft: „Noch nicht mal eine Kneipe?"

Nein, die gab es mal, das schöne alte Haus steht unter Denkmalschutz und verfällt, es findet sich niemand, der die Sanierung und Instandhaltung finanzieren könnte.

Anschlussfragen: „Und wo könnt ihr einkaufen? Wie weit ist es bis zum Arzt? Müsst ihr für Spezialisten nach Berlin fahren? Und du hast doch gar kein Auto."

Je nun. Es ist alles machbar. Ich gehe weiterhin zu meiner Friseurin in der Stadt, Anni hatte mich gewarnt: „Wenn du meinst, hier in der Gegend einen Friseur auszuprobieren – versuch es erst gar nicht!"

Okay. Alle dreieinhalb Monate Stadtluft zu schnuppern, ist perfekt für mich.

Und ich bin sehr froh, dass mein kleines Auto inzwischen da ist. Die ersten Monate war es Marc, der mit dem Kastenwagen einkaufen fuhr. Es war ein Ereignis, wenn er mit einem Großeinkauf nach Hause kam, wow, diese ganzen neuen Vorräte! Kam ich mal mit in die Stadt, war das erst recht aufregend, oh, ein Rewe, ein Rossmann – und selbst durch die Regale zu laufen, sich nicht darauf verlassen zu müssen, dass der Mann aus dem Gedächtnis Dinge mitbringt oder eben nicht, weil er den Einkaufszettel gern auf dem Küchentisch liegen lässt – herrlich.

Wir brauchen keine fünfzehn Minuten bis zum nächsten Supermarkt, wo wir auch Brötchen kaufen, denn es wäre doch zu nervig, dafür am Wochenende vor dem Frühstück extra zum Bäcker zu fahren.

Ein Dorf weiter gibt es einen Metzger, der stets zu einem kleinen Plausch aufgelegt ist. „Ich freue mich, Sie kennengelernt zu haben", sagte er, als ich das erste Mal dort war, er ist offensichtlich nicht von hier. Er kannte aber unsere Vorbesitzerin und hatte Anekdoten beizutragen. So wie hier jeder Geschichten über Menschen aus dem nächsten oder übernächsten Dorf beizusteuern hat.

Der nächste Ort hat ein Café mit undurchschaubaren Öffnungszeiten zu bieten, mit ausgezeichneten Kuchen und Torten, und ich erfreue mich jedes Mal an der ruppigen Freundlichkeit der Frauen hinter der Theke. Am Interieur weniger. Landcafés sind selten so hübsch, wie ich mir das in meinem Städterkopf gern vorgestellt hatte. Die Einrichtung ist oft einfach, fast lieblos, Plastik macht mit, auch als einstaubende florale Tischdeko.

„Die Einheimischen wollen es genau so", sagen unsere Bekannten, die schon länger hier leben. Wenn ich bloß etwas „to go" hole, dann komme ich gern ins Landcafé, denn die Preise sind unschlagbar. Wenn es hingegen darum geht, Wochenendbesuchern die Prignitz schmackhaft zu machen, dann fahre ich mit ihnen eher zu dem einen Ausnahme-Café der Umgebung – ein liebevoll bepflanzter Innenhof, zierliche Stühle und filigran gearbeitete Eisen-Tischchen, aufmerksame und freundliche, wie ambitionierte Gaststudentinnen wirkende Servicekräfte, hohe Preise, fast nur Touristen. Macht was her!

„Ach, ist das schön bei euch!", staunen die Besucher.

Soweit möglich, shoppen wir inzwischen fast alles online. Gerade in den ersten Wochen brauchten wir viele neue Geräte, zudem war ich ja noch nicht mobil, wer will schon im Herbstmatsch oder bei Glatteis mit dem Fahrrad durch den Wald fahren, um Weihnachtsgeschenke zu besorgen?

In den Wochen vor Weihnachten klingelte der Postmann also fast täglich an unserer Tür. Denn alles, was man hier über den bekannten Paketdienst bestellt, wird mit dem Postwagen gebracht – was großartig ist, also für uns, nicht für den Postmann.

„Hassen Sie uns schon?", fragte ich zaghaft, als er einen Karton Hühnerfutter und ein Bücherpaket vor unsere Haustür wuchtete.

„Es ist an der Grenze", sagte er, immerhin leicht schmunzelnd.

„Nach Weihnachten wird es besser", meinte ich entschuldigend und nahm mir vor, auch mal was über andere Paketdienste zu ordern. Der Postmann ist wichtig, den dürfen wir nicht verprellen.

Was neben der Paketzustellung auch deutlich besser und entspannter funktioniert als zuvor in Berlin: Behördengänge. Ich wollte mich bei der Gemeinde anmelden und erhielt einen Termin innerhalb einer Woche. Im Wartebereich verbrachte ich fünf Minuten. Bei der Kfz-Zulassungsstelle dauerte es sogar nur drei Tage, Wartezeit vor Ort zehn Minuten. Als ich mich einmal in unserer Gemeindeverwaltung in den Raum des Ordnungsamts verirrte, strahlte mich eine Mitarbeiterin an und fragte: „Wollen Sie Gelbe Säcke?" Das ist also das Hauptthema hier, mit dem Menschen beim Ordnungsamt anklopfen – wie schön!

Wir haben Ärzte gefunden, fast alle auf Empfehlung unserer Nachbarn. Was trotzdem nicht einfach war. Als ich eine Hausärztin suchte, rief ich bei der Praxis im Nachbardorf an.

„Die Ärztin ist klasse", hatte Anni gesagt, „aber völlig überlastet, stell dich darauf ein, dass du erst in ein, zwei Monaten einen Termin bekommst."

Der Anrufbeantworter meldete mir, dass wegen Krankheit geschlossen sei. In der nächstgelegenen Praxis ging über Tage niemand ans Telefon. Einen Ort weiter teilte man mir mit, sie nähmen keine Neupatienten auf, ich könne es aber bei Frau Doktor ein paar Straßen weiter probieren.

„Wir können keine Neupatienten mehr aufnehmen", sagte mir die Sprechstundenhilfe dort, „aber Sie können als Notfall vorbeikommen." Als Notfall empfand ich mich nun nicht, und als ich beim Lesen einiger Bewertungen zu dem Schluss gekommen war, dass die Dame anscheinend besonders bei Coronaleugnern beliebt war, wartete ich doch lieber auf die Gesundung der empfohlenen Ärztin.

Bei Fachärzten, so vorhanden, ist es nach unserer bisherigen Erfahrung einfacher, einen Termin zu bekommen. So verschlug es mich nach übertriebener Gartenarbeit zum Orthopäden. Im Wartezimmer saß eine mittelalte Frau mit praktischem Kurzhaarschnitt, gewagt gesträhnt. Daneben ein jüngerer Typ im Hoodie, darauf in Frakturschrift „We meet in Walhalla", na danke. Bestimmt nur ein Marvel-Fan ... Auf dem Lektüre-Tisch lagen ein paar ältere Ausgaben der *Freundin* und Seeger-Sanitätshaus-Broschüren. Vorbei die Zeiten von *Spiegel* oder *Cosmopolitan* oder wenigstens *Gala*. Der Orthopäde schickte mich zum Neurologen. Physiotherapie verschrieb er mir auch. Ich war kurz verzweifelt, da ich zu dieser Zeit noch kein Auto hatte, Marc musste mich immer fahren. Beim Neurologen bekam ich ohnehin erst mal keinen Termin.

Auch Otto musste mal zum Arzt, wir brauchten ein Rezept für eine Salbe gegen seine Bindehautentzündung. Auf Empfehlung wurden wir im Nachbardorf vorstellig. Offene Sprechstunde, auf der Straße standen ältere Damen mit kleinen Hunden in einer Art Warteschlange. Nach ein paar Minuten kam die Ärztin aus dem Haus gelaufen und rief, sie müsse gleich wieder schließen und zu einem Notfall. Rezepte könne sie kurz noch ausstellen. Hektisch winkte sie uns rein, schon in Jacke. Aus dem Briefkasten quoll Post, drinnen stapelten sich ungeöffnete Pakete. Als wir das nächste Mal zu ihr wollten, wies ein Aushang darauf hin, sie habe aus gesundheitlichen Gründen geschlossen. Zu wenige Tierärzte gibt es in der Umgebung anscheinend auch – oder alle Neuen bekommen diese eine Ärztin empfohlen und sie ist deshalb völlig überlastet.

Wir fuhren also mit Otto in eine dreißig Minuten entfernte Kleinstadt, in der es eine Tierklinik gibt. Marc ging mit Otto in die Praxis, ich wollte derweil einen Kiosk mit Paketabgabemöglichkeit finden. Da wusste ich noch nicht, dass ich Pakete unserem Postmann mitgeben kann. Laut Google Maps gab es zwei Kioske, die ich zu Fuß in wenigen Minuten erreichen konnte – beide gab es nicht mehr, „schon lange", sagte mir ein Passant und lachte. Dabei sollte ich doch von vielen Radtouren gelernt haben, dass man sich nie auf Google Maps verlassen kann.

Die Städtchen hier haben hübsche Ortskerne, Fachwerk, Backsteingotik, schmale Gassen und kleine Geschäfte, oft gibt es einen Fluss, Auen und breite Spazierwege am Ufer. Und ausgestorben wirkende viel zu breite Straßen, Leerstand. Abwanderung? Ich kann nicht beurteilen, wie es vor Corona aussah. Nun erscheint es mir wie eine Mischung aus Verfall und Aufbruch – es wird viel saniert, Altes wird belebt, Feste werden veranstaltet, private Brauereien machen auf, Manufakturen. Hofläden sowieso, weiter draußen. Zuwanderung? Über die Städte ist mir keine aktuelle Statistik bekannt, die letzte Zählung ist zwei Jahre her und zeigt eine leicht sinkende Einwohnerzahl. Die Dörfer werden immer beliebter.

„Früher war hier nur Sterben", sagte mein Orthopäde. Jetzt kommen die Stadtmüden. Wir können es bestätigen, wurde doch unser Haus hier fast ausschließlich von Berlinern und Hamburgern besichtigt. Die Prignitz scheint Pendler-Einzugsgebiet dieser beiden Städte zu werden. Bezahlbarer Wohnraum, eine akzeptable Anbindung nach Berlin und Hamburg und nicht nur als Wochenendprojekt attraktiv, zumal für jene, die auch im Homeoffice arbeiten können.

Auch kommen immer mehr Touristen in die Prignitz, zu Recht. Einige Gemeinden haben entdeckt, dass ein Wohnmobilstellplatz eine gute Möglichkeit ist, Ort und Umgebung bekannter zu machen, so wie es bei uns am Schloss einen gibt. Das ist hier einfach nur eine Wiese, mit Stromanschluss und einer Bank. Und mit einem unbezahlbaren Blick auf das Schlossgemäuer, den Park mit Teich und alter Eiche. Wenn ich beim Gassigehen Camper treffe und wir ins Gespräch kommen, schwärmen sie von dieser „Entdeckung", von der himmlischen

Ruhe, dem hübschen Dorf. Kommt wieder und empfehlt uns weiter, denke ich, schon ganz dem Dorfmarketing verschrieben.

Dann war da noch die Frage: „Habt ihr keine Angst, dass es da Nazis gibt?", die uns Freunde recht häufig stellten, bevor wir umzogen.

Ehrlicherweise sei erwähnt, dass unsere Freunde und Verwandten ihre Fragen zumeist mit folgender Priorisierung stellten:

1. Infrastruktur Einkaufen
2. Infrastruktur Ärzte
3. Angst vor Nazis
4. Angst vor Einbrechern
5. Mentalität der Prignitzer
6. Bevölkerungsentwicklung

„Nein ... jein ... naja, doch, ein bisschen," war meine Antwort auf Sorge Nr. 3.

Woher sollten wir vorher wissen, was hier für Leute lebten? Googeln des Ortsnamens in Verbindung mit „Nazi", „rechts" oder „Reichsbürger" ergab nichts. Auf die Prignitz ausgeweitet gab es wohl mal eine Zusammenrottung auf einem Hof, die sich aber dankenswerterweise schon vor Jahren aufgelöst hat.

Hier existiert eben keine Dorfkneipe, in der man sich vorher einen Eindruck machen könnte, und man kann ja auch schlecht auf der Straße künftige Nachbarn ansprechen: „Entschuldigung, wir sind die Neuen – gibt es hier Nazis?" Unsere Vorbesitzerin wollten wir nicht fragen, da sie uns selbst etwas merkwürdig vorkam, sie hortete Wasservorräte im Kriechkeller, außerdem Kommissbrot und Ravioli in Dosen und nannte Corona eine

„Verschwörung".

Wenigstens haben wir hier keine merkwürdigen Fahnen wehen sehen, wie wir sie von Campingplätzen im Berliner Umland kennen.

„Naja, im Osten ... auf dem Dorf ...", waren auch so Andeutungen von Freunden.

In meiner Heimatstadt im Ruhrpott gibt es eine sprießende Neonaziszene, aber ja, ich habe das schon verstanden. Ob auf Campingplätzen oder in Dörfern, die ich bei Radtouren durchquerte, Fahnen und unschöne Autokennzeichen gibt's immer wieder. Einmal, in Sachsen, dachten wir bei einem Ausflug: Wie schön, die Dorfjugend macht einen Spaziergang durchs Feld. Bei näherer Betrachtung marschierten da junge Männer in Tarnklamotten und mit Springerstiefeln. Und so fort. Ist mir in NRW in der Häufigkeit nicht passiert. Fairerweise muss ich ergänzen, dass ich in den letzten Jahren nur selten in NRW Ausflüge oder längere Radtouren gemacht habe.

Seit unserem Umzug mussten wir, außerhalb unserer Dorfgemeinschaft, durchaus schon Bekanntschaft mit skurrilen bis schlimmen Ansichten machen.

Zunächst war das Thema Corona oft ein Aufhänger für die üblichen Reden von „Verschwörung", „*den* Politikern", „denen da oben" und der „Lügenpresse". Ob beim Plaudern mit Touristen am Zaun oder bei der Physiotherapeutin. Hätte ich doch bloß mit ihr weiter über Gartenbepflanzung geredet – die letzten Physio-Termine habe ich nicht mehr wahrgenommen, mein Hirn verspannte sich zusehends, und das konnte ja nicht der Sinn dieser halben Stunden auf der Liege sein. Meine Physiotherapeutin war es auch, die gleich auf „die Kanaken" in Berlin zu sprechen kam – was uns hier schon öfter passierte, sobald wir erzählten, dass wir in Berlin gelebt hatten. Marc hatte das Erlebnis bei einer Friseurin, der Tenor ist immer: „Da fühlt man sich ja als Deutscher fremd." Ne, is' klar, mal drüber nachgedacht, wie lange Türken oder besser gesagt türkischstämmige Deutsche schon in Berlin leben? Er fand beim nächsten Mal einen kurdischen Friseur in der Kreisstadt und war sehr zufrieden.

Seit dem russischen Angriffskrieg auf die Ukraine habe ich auch Aussagen mitbekommen, ob mitgehört im Supermarkt oder bei einer flüchtigen Unterhaltung, die mich sprachlos zurückließen: Die Ukrainer würden klauen, obwohl sie hier ja alles geschenkt bekämen. Und uns die Arbeitsplätze wegnehmen sowieso. War da nicht was mit Fachkräftemangel? Egal, Hauptsache, ne Meinung, Hauptsache, ein neues Feindbild. „Und dann kommen ja so viele Neger [sic!] mit aus der Ukraine." Aha.

Dann war da noch, kurz nachdem wir hierhin gezogen waren, der Rentner mit seinem Pudel, mit dem ich am Zaun ins Gespräch kam, also mit dem Rentner, nicht mit dem Pudel, wobei der Letztere als Gesprächspartner rückblickend die bessere Wahl gewesen wäre. Aus Mecklenburg-Vorpommern, wie mir der Mann erzählte. Smalltalk. Ach, Berlin, früher hätte man sich da ja noch wohlfühlen können. Ich kapierte erst gar nicht, worauf er hinauswollte, ich dachte daran, dass alles voller, lauter, schmutziger wird, aber er meinte natürlich „die Kanaken". Früher hätte es bei ihm in der Gegend gar keine Ausländer gegeben, und wenn halt mal ein Pole rüberkam, hätte der erst mal 'ne „ordentliche Abreibung" bekommen.

Okay, ich versuch's mal auf lustige Art, dachte ich mir und erzählte: „Unser Hund ist übrigens auch nicht von hier, der hat französische und ungarische Vorfahren."

„Das macht doch nix", erwiderte er generös und winkte ab, er verstand den Witz gar nicht.

Das konnte ich natürlich nicht auf mir sitzen lassen. „Früher, bei uns im Pott, da gab es schon immer die Gastarbeiter", streute ich also ein. „Das war bunt gemischt, auch bei uns in der Schule – Türken, Jugoslawen, Italiener, Polen auch." Und bunt ist super, wollte ich ihm mitgeben.

Leider hatte ich ihn damit offensichtlich an seine eigene Schulzeit erinnert.

„Unsere Lehrerin hat ja damals keinen Mann abbekommen und sich dann einen Neger [sic!] genommen und mit dem dann auch noch ein Baby bekommen, haha, da war was los."

Mir klappte die Kinnlade runter. „Menschen dunkler Hautfarbe war man früher hier noch nicht gewöhnt, oder?", fragte ich, um einen neutralen Tonfall bemüht, vielleicht kriegte er ja die Kurve.

„Genau! Und früher konnte man das ja noch machen ..." Er zeigte eine Affe-juckt-sich-unterm-Arm-Pose.

„Das sollte man nicht mehr tun!", entgegnete ich streng.

„Dabei sind die doch so, als würden die auf den Bäumen leben", sprachs.

„Ich muss weiter Laub harken", mehr fiel mir in dem Moment nicht ein, schlagfertig war ich noch nie.

Etwas benommen machte ich mich wieder an die Arbeit und fragte mich: Was läuft bei solchen Menschen schief? Erziehung? Umfeld? IQ? Werde ich nie verstehen.

Dann lenkte mich ein rüstiger E-Bike-Rentner ab, der am Zaun stehen blieb und nach unserer Vorbesitzerin fragte. Er erzählte, dass er zwei Dörfer weiter lebe und täglich seine Tour mache: „Ich bin neugierig, ich fahre immer mit dem Rad durch die Gegend und gucke."

Da kam der verquere Typ mit dem Pudel wieder vorbei, diesmal auf dem Weg in die andere Richtung.

„Hier ist ja mehr los als in der Stadt, man muss ja aufpassen, dass man nicht überfahren wird!", rief er uns im Vorbeigehen zu. Der andere Rentner schwang sich wieder auf sein Rad und rief zurück: „Ja, zum Beispiel von so Radlern wie mir!"

Wir grinsten uns an und winkten uns zum Abschied. Er konnte nicht ahnen, wie groß meine Freude gewesen wäre, hätte er den Pudeltypen wirklich überfahren.

*

Weltentdecker II – Staunen mit Hund

Man kann Bartnelken auch als Spielzeug begreifen. Ich buddle ein schmales Beet an der Holzwand des Schuppens, sodass ich im Sommer die Blütenpracht von der Terrasse aus bewundern kann. So ist der Plan. Ich grabe Löcher, setze die kleinen Pflanzen vorsichtig ein, gebe frische Maulwurfserde hinzu, die ich hinten im Garten gesammelt habe, vermischt mit etwas Sand. Hundekind Otto liegt auf der Wiese und wirkt nur scheinbar desinteressiert.

Ich muss ins Haus gehen, um die Gießkanne zu füllen – das Angießen der Pflanzen ist sehr wichtig für ihr Anwachsen. Kaum wende ich meinem Beetprojekt den Rücken zu, kommt Otto angeschossen. Ich drehe mich um, das Biest hat sich eine Nelke geschnappt und guckt mich frech an. *Na, spielst du mit?*, scheint er zu fragen.

„Nein!", rufe ich entschlossen. Ich gehe auf den Hund zu, der schlägt einen Haken. Guckt, *na komm, krieg mich doch …* Er rennt hinter den Schuppen, wir drehen eine Runde. Ich habe kein Leckerli zum Anlocken in der Tasche, noch nicht mal ein interessantes Stöckchen in der Nähe, das ich ihm zum Tausch anbieten könnte. Fluchend hole ich die Gießkanne und wässere die verbliebenen Pflänzchen. Otto liegt auf der Wiese, er knabbert seelenruhig an einem kleinen Ast. Okay, Freundchen. Ich gehe langsam um den Schuppen herum, siehe da, er hat die Nelke liegengelassen. Klar, allein zu spielen, macht ja keinen Spaß. Als ich sie aufgesammelt habe und wieder zum Beet komme, schnappt sich Otto gerade die nächste Pflanze. Frecher Blick, *zweite Runde!* Ich gebe auf, vielleicht kann ich die später retten. Im Schuppen finde ich ein Stück engmaschigen, robusten Zaun, das ich vor die restlichen Schützlinge an die Wand lehne, rechts flankiert von einem steinbeschwerten Eimer, links von einer Gartenschlauchschlange (zusammengerollte Schläuche findet Otto anscheinend gruselig). Hund macht erfinderisch.

Später, der Kleine döst im Wintergarten, gehe ich die Wiese ab und stoße auf eine arg ramponierte Pflanze, die ich optimistisch noch ins Beet setze. Vielleicht überlebt sie den Angriff des Fellmonsters.

Ich decke die Nelken noch mit einem dünnen Vlies ab, ich weiß ja, dass ich zu früh dran bin mit dem Ins-Beet-Setzen, aber die Nachbarin stand halt mit den Dingern vor der Tür. Es ist Mitte März, ein Tag, an dem der Boden nicht gefroren ist, laut Wettervorhersage stehen uns aber noch einige frostige Nächte bevor. Erst Otto, dann Minusgrade – es bleibt spannend für die Gewächse.

Otto wurde im letzten Mai geboren. Als er zu uns kam, kannte er nur den Sommer. Herbst, Winter und Frühling erlebt er zum ersten Mal – und das auf dem Land, wo die Jahreszeiten intensiver erfahrbar sind. Nicht nur für den Hund, auch für Marc und mich, die wir bei jedem Wetter an der Leine hängen, ob es stürmt oder hagelt.

Und mit Otto nehme ich auf einmal die Natur bewusster und anders wahr – nicht nur die Verletzlichkeit kleiner Bartnelken ... Eine wirklich schöne Eigenschaft unseres Hundes ist: Für ihn ist alles da draußen per se positiv und interessant, von Wetter bis Vegetation. Es gibt immer Neues, Spannendes zu hören, zu riechen und anzuknabbern. Schnüffelnd, schleckend und trabend entdeckt er die Welt.

Es scheint ihn dabei nicht zu kümmern, ob die Sonne scheint, ob es schüttet oder hagelt. Er ist bei minus fünf Grad gern draußen und auch noch bei dreißig Grad, dann allerdings lieber im Schatten. Er sucht sich generell am liebsten ein kühles, vor der Sonne geschütztes Plätzchen, kein Wunder bei seinem dicken, langen Fell.

Während Nachbarhündin Bella bei Anzeichen eines Regenschauers lieber gleich daheim bleibt oder die französische Bulldogge Uwe im Winter in der Hundeschule ein Mäntelchen umgeschnürt bekommt, vor Kälte zittert und sich nicht auf die flauschige Decke setzen mag – Otto ist das alles schnurzegal, Hauptsache, er hat was zu entdecken.

Und natürlich waren im ersten Herbst jedes Kraut, das ich ausgrub, jedes Laub, das ich in die Schubkarre hievte, jede Harke und jede Schaufel unglaublich spannend. Natürlich vernachlässige ich nach wie vor das empfohlene Deckentraining, meine Geduld ist endlich.

À propos Training: Immer wieder vergesse ich, dass Otto ja vieles zum ersten Mal in seinem jungen Hundeleben erfährt: So drehte ich an einem rauen und zunehmend stürmischen Herbsttag eine Verdauungsrunde mit ihm durch den Garten. Der Kleine soll nach dem Essen nicht wild rennen oder spielen, da sich sein Magen verdrehen könnte. Also führte ich ihn an der Leine. Ich wollte so gern wieder ins Warme, aber wir sollten ja Leinenführigkeit üben, hatte der Hundetrainer gesagt, und da Otto auf dem Rückweg zum Haus mit seinem Kopf überall war, nur nicht bei mir, und wild an der Leine zerrte, stellte ich mich vor ihn und befahl ihm zu sitzen. Das klappte, wie meistens, gut. Wenn der Hund einen dann wieder anguckt, also den Fokus auf den „Chef" richtet, nimmt man wieder seitlich von ihm Position ein. Wenn er einen noch mal anschaut, dann erst soll man ihn zum Weitergehen „einladen". Das mit dem Fokus kann dauern bei Otto, und so stand ich da, während der Wind mir die Kapuze vom Kopf wehte und meine Nase lief. Ach, blöder Hund, dachte ich, bevor ich bemerkte, was Otto machte: Er streckte die Nase in den Wind, witterte, schaute in die Bäume, in den Himmel, schien auf das Rascheln der Blätter zu lauschen. Es war sein erster Sturm. Und so musste er erst einmal mit allen Sinnen prüfen, was da los war. Ich musste lächeln und hörte auch auf das Rauschen in den Linden, das Zerren an unserer Terrassenummantelung, nahm die herumfegenden Blätter wahr und den Geruch eines eigentlich scheußlichen Herbsttages. Kleiner Hund, wir können hier einfach noch eine Weile so stehen und ins Wetter spüren.

Als Otto mich nach zehn Minuten zweimal angeschaut hatte, trotteten wir beide gemütlich zurück ins Warme.

Und unsere Herbstspaziergänge – ohne Hund hätte ich an manchem Tag das Haus nicht verlassen. Ich bin meistens für die morgendliche Runde zuständig, und es wird nie langweilig. Anfangs ging ich oft mit Otto durch den Wald, eine kleine Runde, über den weichen Boden und durch buntes Laub – selbst an trüben Tagen schön, und dieser Duft! Keine Ablenkung, nur das Draußen, der Hund und ich. Otto entdeckte eine Baumwurzel, an der er jedes Mal schnüffelte, um sich dann zu schütteln und einen Hüpfer zurück zu machen. Ich phantasierte kurz, das könnte ein Ellbogen sein, eine vergrabene Leiche, so wie im Krimi doch oft Spaziergänger mit Hund die Toten im Wald finden ... Es war und ist wirklich nur eine Wurzel.

Ein anderes Mal gingen wir früh morgens am Schlossteich entlang. Otto hatte sich kurz hingelegt, warum auch immer, und betrieb Fellpflege. Ich hob den Blick und staunte. Im Park, über dem Teich, hing noch Nebel, die Sonne guckte schon hindurch, durchbrach das matte Hellgrau stellenweise. Die alten Bäume spiegelten sich auf dem Wasser, die knallroten Blätter eines Ahorns ganz hinten im Park wirkten wie ein Farbklecks auf einem Schwarzweißfoto.

Weiter draußen Alleen, Wiesen, Bäume im Dunst, schon angestrahlt von der Sonne, blasses Grün, Braun, Orangegelb der Blätter, milchiges Grau – als hätte man Otto und mich in eine sehr mystische Filmszene geworfen.

Leider habe ich beim Gassigehen nie mein Handy dabei, mit dem Wildfang an der Leine würde ich beim Fotografieren ohnehin verwackeln oder das Gerät würde mir aus der Hand fallen. So versuche ich also, die Bilder im Kopf zu behalten.

In solchen Momenten, unterwegs mit Otto, ist mir bewusst, wie schön es hier sein kann, manchmal so schön, dass ich heulen möchte. Wenn Anfang November der Nebel morgens tief über der Wiese lag, wenn ich einen besonderen Baum wie die alte, riesige Trauerweide am Bach entdeckte oder einen neuen Spazierweg durchs Gehölz. Wenn die Kraniche und Wildgänse in Formationen über uns hinwegzogen, von der Sonne beschienen. Was auch einen Höllenlärm machte, wie Otto, offenbar irritiert, zur Kenntnis nahm. Auch er gewöhnte sich aber schnell an das Geschnatter tausender In-den-Süden-Aufbrecher.

Das Karpaltunnelproblem in meinem rechten Arm nervte, ich schlief schlecht, machte mir zu viele Gedanken. Aber unterwegs mit Otto waren die Sorgenthemen weg, der Kopf wurde frei, die Konzentration war beim Hund, bei möglichen „Hindernissen", also anderen Vierbeinern, beim Weg, bei Bäumen, Sträuchern, dem Geruch nasser Erde, bei Vogelstimmen. Wie eine kurze Auszeit für Körper und Geist, immer gut, selbst bei Herbstregenwetter.

Und wozu bietet sich der frühe November an? Zum Anbaden. Wieder eine neue Erfahrung für den kleinen Hund. Leonberger haben Schwimmhäute zwischen den Zehen, und so war es wohl kein Wunder, dass er sich bei einem gemeinsamen Spaziergang durch die Felder mit Marc, Christo und Bella, auf einmal dem Bach näherte und interessiert am Ufer auf und ab lief.

„Otto, echt jetzt? Bei diesem Wetter?", rief ich. War das nicht gefährlich? Da war Bella schon im Wasser und der Kleine traute sich auch, platsch. Mein Herz stand kurz still. Der Bach war flach, und Otto kam auch souverän wieder raus, immer der Leithündin hinterher. Er schüttelte sich ausgiebig, sodass ich auch geduscht war, und fand das Abenteuer augenscheinlich richtig gut.

Man gewöhnt sich daran, dass es zu Hause an solchen „nassen Tagen" dann etwas streng riecht und überall Pfotenspuren, Sand- und Erdschneisen zu finden sind. Ein nasser Leonberger trocknet wirklich sehr langsam. Größere Sanderdflecken zeugen davon, wo er sich länger hingelegt hat. Staubsauger, Kehrbesen und -schaufel wurden zu meinen besten Freunden, manchmal auch dreimal am Tag.

Schließlich näherte sich der Winter, wie ich früh morgens im Garten mit Otto bemerkte, als uns ein blaurosa Sonnenaufgang empfing, eiskalte Luft und eine von Raureif überzuckerte Wiese. Otto setzte seine Pfoten ganz vorsichtig auf diesen harten, weißen Untergrund.

Am nächsten Morgen lag zum ersten Mal eine dünne Schneeschicht, und der Kleine schaute auf das viele Weiß, berührte ganz sachte den Boden, schnüffelte prüfend und leckte ein wenig. Und mehr. *Das ist ja mal was tolles Neues, und das kann man essen!*, schien er sich zu freuen.

Abends schneite es, als wir den Garten-Verdauungsspaziergang machten. Gucken, Schnuppern. *Was ist das?* Nase in die Luft. *Komische kleine Dinger fliegen herum. Und machen den Boden wieder weiß. Das war doch lecker?* Otto senkte seine Nase in die fluffige Schicht, leckte, oh ja, mehr. Rannte los, Schneeflocken fangen, die Ohren von Wind gezaust, hin und her, wieder zu mir und zurück. Vierzig Kilo pure Lebensfreude. Ach Otto, ich guck dir gern noch eine Weile zu.

Auch Eis entdeckte er flott: Er trinkt am liebsten aus Pfützen, herumstehenden Gießkannen, Wannen oder eben aus der Schale, in die ich immer Wasser für Vögel und Insekten gieße. Aus dieser musste ich manchmal morgens erst einen Eisklotz entfernen, den sich Otto sofort schnappte, ihn auf die Wiese schleppte und ausdauernd abschleckte.

Im Winter war das Spiel- und Verkostungsangebot unterwegs und im Garten ansonsten eingeschränkt. Während er sich im Herbst als Gourmet erwies und besonders gern Weinblätter direkt von der Rebe knabberte, darüber hinaus überhaupt fast jegliches Laub unter die Lupe nahm, gab es dann eine Zeitlang nicht so viel zu entdecken, außer eben Schnee und Eis. Nicht zu vergessen Hühnerkot oder Kuhflatschen, auch gefroren interessant. Oder Nutrias, denen man hinterherjagen könnte, wenn Bella nicht dafür sorgen würde, dass Otto sich nicht zu weit vom Rudel entfernt. Fichten-, Kiefern- oder Lärchenzapfen taugen immer für ein Wurfspiel, Stöcke schleppt Otto ohnehin gern als Beute weg, quer im Maul, und knabbert Rinde ab.

Mir brachte der Winter auch eine Entdeckung und Freude am Rande: Hundekothaufen kann man bei Frost prima einen Tag liegen lassen und dann als harten Block viel bequemer auflesen.

*

Frühling, Alter!

Es passierte ganz plötzlich. Ich stand gestern früh auf, taperte runter in die Küche, draußen war es schon hell, noch dazu sonnig, dabei erst kurz nach sieben. Schlechtes Gewissen, weil die Hühner sicher schon im Stall am Fenster stehen würden und raus wollten. Ich zog mir gewohnheitsmäßig meine lange Winterjacke an, die Handschuhe, setzte die Mütze auf und schnappte mir Otto, das verpennte Hundekind. Der dehnte sich vor der Tür ausgiebig, schüttelte sich einmal und war sogleich angeknipst, *komm, raus in die Welt, lass uns was erleben!*

Vor dem Frühstück? Och, nö.

Ich streute Futter in den Hühnerauslauf und ließ die Bande raus, natürlich hatten sie schon gewartet. Noch eine Runde mit Otto durch den Garten, damit er seine Geschäfte erledigen konnte. Mir wurde warm, ich riss die Mütze vom Kopf. Um mich herum tschilpte es wie blöde. Otto hielt seine Nase in die Luft und witterte. Da fiel bei mir der Groschen und ich rief unserem zehn Monate alten Leonberger zu:

„Ey, das is' Frühling, Alter!"

Otto antwortete nicht, fand's aber anscheinend gut.

Es ist Ende März. Drei trügerisch warme Tage hatten wir. Gefolgt von Wochen von Schnee, Schneeregen und Regen, nachts Frost und bis vor zwei Tagen noch eine Schneedecke. Beim Gassigehen musste ich aufpassen, nicht auszurutschen, mit Otto, der Zugmaschine, an der Leine.

Bisher hatten sich bloß die Zwiebelpflanzen schon rausgewagt, zumindest auf den ersten Blick. Sie fielen auf im tristen Grau, leuchteten geradezu – weiße Schneeglöckchen, gelbe und violette Krokusse, Blaustern. Letzteren hatte ich im Vorbeigehen zuerst für Plastik gehalten, dieses leuchtende Blau, ein Flaschenverschluss? Das sagt viel über den Zustand unseres Gartens aus.

Die Tulpen stehen Spalier an der Hauswand, der Schnittlauch hinten treibt, als müsste er das ganze Dorf ernähren. Das Schöne an den Zwiebelpflanzen ist, dass sie ja noch unsere Haus-Vorbesitzerin gepflanzt hat. Alles, was da Zwiebeliges aus der Erde kommt, ist für uns eine Überraschung.

Otto will gar nicht mehr rein. Es gibt so viel zu entdecken, und noch dazu sind seine zwei Rudelmitglieder, also wir, ja auch draußen. Nicht nur wir – das ganze Dorf ist von umtriebigem Lärm erfüllt, im Hintergrund hämmert und sägt es, schräg gegenüber pflanzt Frau Schulz Stiefmütterchen in Balkonkästen, und die alte Frau Fischer sitzt auf ihrer Bank vorm Haus und dirigiert ihren Enkel mithilfe ihres Stocks beim Unkrautjäten. Erste Touristen spazieren herum, mit hinter dem Rücken verschränkten Armen, und schauen in die Fenster. Als wären auf einmal alle aufgewacht und aus ihren Löchern gekrochen.

Marc hat gestern direkt eine Aufräumtour durch den Garten gemacht, also alles, was da herumstand und -lag und nicht in eine Mülltonne passte, erst einmal in einen Schuppen geräumt – vom rostigen Betonmischer über alte Heizkörper bis zu verrottenden Dachblechen. Währenddessen versuchte ich, das Laub in den mit Planen „überdachten" Tomatenbeeten etwas unter die Erde zu harken, was daran scheiterte, dass die Erde staubtrocken ist. Ich lerne noch, dann wird's womöglich dieses Jahr nichts mit eigenen Tomaten. Ich jätete Unkraut in meinem Experimentierbeet und arbeitete Pferdemist ein. Dort soll eine megainsektenfreundliche Blumenmischung rein, also in ein paar Wochen. Der Mist muss sich erst setzen, habe ich mir ergoogelt.

Da hat man Monate gewartet, endlich wieder was draußen machen zu können, und dann will man am liebsten alles am ersten warmen, sonnigen Tag schaffen, und am nächsten Tag legt man gleich wieder los, der Rücken beschwert sich schon. Als hätte man Angst, dass der Winter doch wieder zurückkommt.

Heute ist Marc gleich nach dem Frühstück zum Baumarkt aufgebrochen, um eine Feuerschale und ein Beil zu kaufen. Dabei war er gestern erst im Baumarkt, aber egal, er muss jetzt halt auch raus und kann nicht mehr stillhalten.

Und ich mache Bestandsaufnahme im Garten. Je nach Fokussierung zeigt sich da Verschiedenes, das vorher vom Schnee verdeckt war. Was besonders prächtig gedeiht, ist Unkraut aller Art – um es neutral zu beschreiben „Beikraut" oder „Begleitflora". Das Meiste ist ja durchaus nützlich, aber hier geht es übergriffig und maßlos zur Sache, von wegen „begleiten". Im Vorgarten und im Kräuterbeet ist es vor allem der Giersch, der seine kräftigen, sattgrünen Blätter mannigfaltig aus der Erde drückt. Ihm ist schwer beizukommen, das weiß ich schon. Was oben so hübsch grünt, hat unter der Erde widerstandsfähige, verzweigte und lange Wurzeln. Und fast überall wuchert Löwenzahn. Beides schmeckt den Hühnern, also sollte das nicht alles weg – als würde ich das schaffen, ich stehe hier auf verlorenem Posten, das ist mir schon klar. Ob an und in den Gemüsebeeten, am Kompost, am Küchenbeet, die Brennnessel ist auch reichlich vertreten. Kann man Sud draus machen oder Tee zum Beispiel, jaja. Die Brennnessel spricht auch für gute Erde, immerhin. Das Franzosenkraut schiebt sich auch schon wieder gen Licht. Das hatte ich im Herbst als meinen Erzfeind auserkoren, da das Zeug in einer Hälfte des Gartens, vor allem in den angehenden Gemüsebeeten, massenhaft wuchert und noch nicht mal anspruchsvoll ist – eine millimeterdünne Erdschicht reicht dem Biest schon, um zu wurzeln und zu gedeihen und sich sagenhaft zu vermehren.

Schöllkraut, Gartenkerbel, Wald-Nelkenwurz, Andorn – dank einer Pflanzenbestimmungs-App konnte ich vieles identifizieren. „Das kann man essen", rufen die einen. „Das ist giftig", die anderen. Ich habe den Film *Into the Wild* gesehen, also schaue ich mir das lieber erst mal länger an und lese mich ein in die Welt der Kräuter, bevor ich mich an die Verkostung wage.

Auch allerlei nicht Organisches und gar nicht Schönes wird nun sichtbar, denn unsere Vorbesitzerin hat anscheinend ihren Müll zu großen Teilen im Garten vergraben oder einfach irgendwohin geworfen. Auch auf den Kompost, was sich mir am allerwenigsten erschließt. Wie kann man Gemüse und Obst anbauen und mit mülldurchsetztem Kompost düngen, um es dann schließlich zu essen? Jahre bis Jahrzehnte altes Plastik hat noch dazu bekanntermaßen die Tendenz, sich aufzulösen und vom Wind überallhin geweht zu werden, also Mikroplastik allerorten. Und was man sonst noch so findet: Draht, Messer, Styropor, Schrauben, Kronkorken, Schnüre, Fliesenreste, ein Skalpell und mehrere Knochen, um nur ein paar meiner Trouvaillen zu benennen. Natürlich entwickeln sich zu den Fundstücken Geschichten in meinem Kopf, die ich schnell versuche, nicht ausufern zu lassen. Skalpell ... Knochen ...

Während also der Mann einen Baumstumpf in Form hackt, um eine meines Erachtens ganz schön riesige Feuerschale drauf zu platzieren und das Ganze mit alten Backsteinen zu umgeben, tue ich wieder was für meinen Rücken und sammle ekliges Zeug auf.

Aus dem Augenwinkel sehe ich allerlei Wildwuchs, der mir zuzurufen scheint: *Jäte mich! Mach flott, sonst verbreite ich mich überall!* Und kurz wünsche ich mir, dass es anfängt zu regnen. Lasst mich doch in Ruhe, ihr blöden Unkräuter, ich geh jetzt wieder rein und mach's mir gemütlich. Tut es aber nicht, der Himmel ist blau mit harmlosen Wölkchen, und wahrscheinlich sollte ich auch anfangen, die Beete zu wässern. Marc hat aus dem Baumarkt auch einen fünfzig Meter langen Schlauch mitgebracht, leider ohne Aufrollhilfe. Fünfzig Meter! Da brauche ich länger, das Ding halbwegs knotenfrei aufzuwickeln, als ich zum Wässern benötige.

Und ich müsste Ramblerrosen für die Zaunberankung bestellen und bienenfreundliche Kletterrosen für hinten und noch was für den Blumenkübel an der Terrasse. Wie geht es wohl den Saatkartoffeln, die ich in ihrem Karton vor Wochen achtlos ins Regal im Hauswirtschaftsraum gestellt hatte?

Wenn man anfängt, den Überblick zu verlieren – erst mal 'ne Pause machen. Ich setze mich mit einem Bier auf die Terrasse und rauche eine Zigarette. Hier habe ich alles im Blick, auch den werkelnden Mann und den auf der Wiese dösenden Hund.

Otto dreht sich auf den Rücken, Beine in der Luft, Sonne auf dem Pelz, verweilt kurz, wälzt sich noch ein bisschen, legt sich zurück in Schlummerposition. Hundeglück.

Ich stelle dann noch die Überwinterer raus – eine Aloe, die sich die kalte Zeit im Wohnzimmer in der Leseecke vertrieben hat, und eine Pflanze, die mir eine Nachbarin in die Hand gedrückt hatte, im Spätherbst nur Wurzelballen und wenige fleischige Blätter. Den Namen habe ich vergessen, irgendwas mit A, ich nenne sie Agamemnon. Beide flankieren nun den Eingang zum Wintergarten und sehen ziemlich munter aus.

Und schließlich noch eine Runde, um zu gucken, was da noch alles austreibt. Alle Bäume und Sträucher, die meisten Stauden, und die Erdbeeren haben sowieso keine Pause gemacht und wuchern überall. Die Fetthenne zeigt rosenkohlartige Knöllchen, die Rosen haben zarte dunkelrote Triebe, ich habe sie gestern beschnitten, denn das soll man ja machen, solange die Forsythie blüht, außer bei Kletterrosen. Der Wein zeigt wider Erwarten Ansätze von Leben – so habe ich wohl eine Wette mit Marc gewonnen, der behauptet hatte, die Weinreben wären durch meinen angeblich zu starken Rückschnitt allesamt tot.

Die Dreimasterpflanze guckt schon zehn Zentimeter hoch aus dem Beet. Sie wird schöne dunkelblauviolette Blüten haben. Also eigentlich. Denn leider hat Otto sein Wiesennickerchen soeben beendet – er hat anscheinend schräg unter der Pflanze ein Wühlmausloch gewittert, die kleine Spürnase. Nicht lange gefackelt … Nun haben wir im Küchenbeet ein Schlachtfeld aus ausgebuddelten Trieben, Erde und, ja, dem Zugang zu einem Wühlmausgang.

Sind Leonberger womöglich geeignete Trüffelsuchhunde? Minenspürhunde gar? Wäre mir neu. Otto findet ja sonst noch nicht mal ein Leckerli, auf das er sich draufgelegt hat. Aber ich sehe natürlich ein, dass es in der Natur des Hundes liegt zu buddeln. Ommm. Ich atme ganz, ganz tief in den Bauch. Und wer kann einem jungen Hund, der mit wedelndem Schwanz und erdiger Schnauze auf einen zugerannt kommt und einen mit großen Augen anschaut, schon böse sein? Sein Blick sagt zumindest: *Bitte, danke, gern geschehen, alles muss man selber sagen. Ich helfe doch immer gern bei der Gartenarbeit, aber du könntest mich wenigstens ein kleines bisschen loben.* Da streichle ich ihm das Köpfchen und kraule ihn ganz doll, haste gut gemacht.

„Feiner Hund, ganz feiner Hund!"

Na geht doch.

Wer braucht schon Dreimasterpflanzen? Otto und ich, wir machen jetzt Feierabend, ich nehme mir noch ein Bier, Marc setzt sich dazu, trinkt mein Bier in zwei Zügen aus und schaut stolz auf seine Feuerschale.

„Das hast du super gemacht!", sage ich und bin kurz versucht, ihn zu streicheln und zu kraulen.

*

Ich bin kein Mensch für die Anzucht

Wenn ich früher, am liebsten am ersten Mai, mutig die noch bevorstehenden Eisheiligen ignorierend, in den Balkonkästen Samen von Portulakröschen oder sauerländischer Winde in ein Erdsandgemisch streute und angoss, wurde immer was draus, jedes Jahr. Selbst bei exotischen Experimenten war ich, zumindest vorübergehend, erfolgreich. Bei einem Fahrradkauf hatte ich mit dem Verkäufer gleich noch Pflanzensamen getauscht und war so im Besitz zahlreicher Lulosamen – eine Pflanze, die in Südamerika zu Hause ist und ganz leckere Früchte tragen soll. Zeitweise glich mein Balkon einer Lulo-Plantage. Bis zur Blüte oder gar zu Früchten haben es die haarigen Gewächse bei mir nicht gebracht, und bei einer Höhe von dreißig bis vierzig Zentimetern haben sie wohl gemerkt, dass die klimatischen Bedingungen gar nicht so optimal waren, und sind eingegangen. Auch diejenigen, die ich verschenkt hatte, was mich beruhigte.

Von einer Freundin bekam ich oft Pflänzchen geschenkt, die sie aus Samen selbst vorgezogen hatte. Mit Neid betrachtete ich die Vielfalt auf ihrem Balkon, die üppige Mischung aus Tomaten, Chilis, kleinen Paprika, Schwarzäugiger Susanne, Kapuzinerkresse und vielem mehr.

Das kann ich auch, dachte ich also. Im letzten Frühjahr in der Stadt säte ich Chilis und Portulakröschen in einen Eierkarton mit Erdsandmischung, den ich, mit Frischhaltefolie abgedeckt, im Wohnzimmer ans große Südfenster stellte. Nur ein Trieb ließ sich nach Wochen blicken und entwickelte nicht nur Keimblätter, sondern wuchs tatsächlich. Ich war trotz des offensichtlichen Misserfolgs stolz auf dieses eine kleine, widerstandsfähige Ding, das ich im April auf dem Balkon in einen Kasten pflanzte. Es wurde ein Hornveilchen – das ich gar nicht bewusst ausgesät hatte. Später habe ich es aus Versehen totgegossen.

Nun auf dem Land reden wieder alle von Anzucht. Die Nachbarn sind mit Tomaten, Paprika, verschiedenen Salatsorten zugange, brachten schon erste selbst vorgezogene Pflänzchen vorbei. Mein Ehrgeiz war also wieder geweckt.

Aber diesmal richtig, nahm ich mir vor. Ich bestellte Anzuchterde, natürlich bio, und kleine Töpfchen, die sich angeblich später im Beet selbst zersetzen. Wir hatten zum Umzug aufs Land viele Samen geschenkt bekommen und ich hatte noch einige dazugekauft und welche von den vorhandenen Tomaten und auch von der Ringelblume genommen. Ich beschriftete die Töpfchen ganz professionell, um später zu wissen, was da herauskommt. Zwei Reihen mit je neun Töpfchen, jeweils zwei bis drei Samen eingestreut, noch etwas Erde drüber und die Erde angedrückt. Angegossen mit einer Sprühflasche. Ich hatte mich etwas eingelesen und meines Erachtens auch den perfekten Platz gefunden: in der Küche auf der Fensterbank, Richtung Südwesten. Ich hatte alles mit Frischhaltefolie abgedeckt und Zeitungspapier untergelegt, damit kein Wasser durch die Ritzen der Fensterbank dringen und an der Wand entlang oder in den Unterschrank laufen konnte.

Das war Ende Februar, und nun haben wir Anfang April. Nach zwei Wochen ließen sich die ersten Tomatentriebe blicken. Ich frohlockte. Es blieb bei den Keimblättern und sie verschrumpelten und starben. Inzwischen haben sich auch andere Pflänzchen hervorgewagt, Paprika und Chilis. Sie haben alle bloß Keimblätter, und die meisten sind schon wieder eingegangen. Ich müsste sie dreimal am Tag wässern, gerade an sonnigen Tagen, aber manchmal denke ich nur zweimal dran. Ich sage mir „Du musst die Kleinen noch wässern!" und vergesse es in der nächsten Sekunde. Jeden Tag bin ich kurz davor, alles einfach auf den Kompost zu schmeißen. Wahrscheinlich habe ich doch nur einen kapitalen Wasserschaden an der Küchenwand oder im Schrank verursacht. Ich frage mich, ob ich womöglich generell keine Verantwortung für Lebewesen übernehmen sollte. Also für zarte, verletzliche, junge.

Als Kind hatte ich zunächst einen Hamster, den meine Mutter nach drei Wochen unabsichtlich tötete, indem sie ihm ungewaschenen Salat gab. Haben wir eine genetische Schwäche? Meinem Wellensittich ging es da schon besser, allerdings verstarb er an Kummer, als ich mit neunzehn ausgezogen war und ins Studentenwohnheim kein Haustier mitnehmen durfte. Er bekam eine Geschwulst und wurde immer stiller, bis er schließlich tot von der Stange fiel.

Wir haben jetzt einen Hund, der ist nun fast elf Monate alt und lebt noch, er wirkt recht munter und zufrieden. Natürlich kümmere ich mich auch um ihn, aber Marc ist derjenige, der die wirklich wichtigen Sachen regelt, von der Impfung übers Zeckenhalsband bis zum genauen Berechnen der Futtermenge. Ich gebe Otto Futter und Wasser, streichle den Kleinen, kuschle mit ihm, spreche mit ihm und gehe mit ihm spazieren.

Mit den Hühnern verhält es sich ähnlich, aber die sind zumindest schon ausgewachsen und ziemlich autark. Ich füttere sie, versorge sie mit Wasser und auch mal mit Grünzeug und kann sie gut auseinanderhalten. Wenn es darum geht, den Stall zu desinfizieren, ein krankes Huhn mit einem Mittel gegen Parasiten einzureiben oder es gar zu schlachten, ist Marc gefragt.

Ich bin vergesslich, schusselig und oft in meiner eigenen Welt unterwegs. Ich habe es nicht so mit Verantwortung. Träumen und einfache Tätigkeiten verrichten oder solche, die nicht mit Lebewesen zu tun haben, das kriege ich gut hin.

Als Jugendliche wollte ich nie babysitten, einige Klassenkameradinnen verdienten damit ganz gut und gingen in dieser Tätigkeit auch völlig auf. Für mich eine Horrorvorstellung: allein mit einem kleinen, hilflosen Wesen und dabei selbst komplett hilf- und planlos. Ich wollte noch nicht mal ein Baby auf den Arm nehmen, und so geht es mir bis heute – ich habe immer die Angst, dass ich es fallenlasse.

Manchmal denke ich darüber nach, warum ich keine Kinder habe und hinterfrage mich: Wollte ich wirklich nie ein Kind? Nein, wollte ich nicht, und ich glaube, das ist wirklich gut so.

Morgen trenne ich mich von meiner Anzucht und verschenke den Rest Erde und die übrigen hundert Töpfchen.

*

Soundtrack

Das Telefon klingelt, Festnetz, vor Schreck lasse ich den Staubfeudel fallen. Ist ja sonst fast alles über WhatsApp, und mein Handy habe ich auf „lautlos" gestellt. Meine Mutter.

„Was ist denn das für ein Krach bei dir?", fragt sie vorwurfsvoll.

„Ich putze, da höre ich immer Radio", entschuldige ich mich und drücke auf „Pause". *radioeins*, meine zuverlässige Putzbegleitung – ein bisschen alte Heimat und meistens gute Musik.

Später schwärmt meine Mutter wieder von ihrem Weihnachtsbesuch bei uns, der nun schon fast vier Monate zurückliegt. „Es ist so herrlich ruhig bei euch."

Dabei leben meine Eltern in ihrem Vorort, am Feldrand, nun auch nicht gerade in einem Lärmhotspot.

Aber hier in der Prignitz ist es sogar noch ruhiger. Drinnen sowieso, abgesehen von den Geräuschen, die Hundekind Otto so macht. Nur wenn ich versuche einzuschlafen, dann brummt garantiert eine Fliege oder Kiefernwanze über meinem Kopf. Anfangs stellte ich mir dann leider vor, wie ich einschlafe und mir das Viech in den offenen Mund fällt. Denn anscheinend kommen die Sechsbeiner zum Sterben ins Schlafzimmer, kriechen durch Ritzen in der Holzvertäfelung, drehen brummend noch ein paar Runden und zappeln dann im kurzen Todeskampf auf der Fensterbank oder dem Boden. Manchmal höre ich auch das Trappeln von kleinen Füßen auf dem Dachboden und in den Wänden, ich nehme an, das sind Mäuse oder auch Spatzen, die es durch ein Loch hineinschaffen, das wir leider noch nicht gefunden haben. Einmal war dort oben so ein Lärm, dass es eher nach einem übergewichtigen Waschbären klang. Irgendwas stromerte da herum. Müsste man was tun? Es würde mich nicht stören, wenn so ein Kerlchen auf dem Dachboden überwintern würde. Wenn wir einer schwangeren Waschbärin ein muckeliges Winterquartier bieten würden. Aber wer weiß, wie dicht unsere Decke ist, womöglich würde Kot durch die Ritzen rieseln. Oder eine Waschbärengroßfamilie einziehen und wir würden keinen Schlaf mehr bekommen. Und ich stellte mir vor, wie da oben, über unseren Köpfen, etwas Großes verenden würde und dann kämen Fliegen, Maden, mehr Fliegen und furchtbarer Gestank. Marc lachte mich aus, bis er den Lärm selbst vernahm.

Aber er hatte genug zu tun mit dem Fliegendauerkonzert in seinem Arbeitszimmer. Kaum hatte er zwanzig tote Tiere weggesaugt, taumelten die nächsten zwanzig gegen die Fensterscheiben. Wie das wohl erst im Sommer wird.

Jede Jahreszeit hat ihren eigenen Soundtrack. Wir haben bisher auf dem Land den Herbst und Winter erlebt und ein bisschen Frühling.

Bäume rauschen im Wind. Sturm tost roher übers weite Land. Wildgänse machen einen Höllenlärm, wenn sie in der Dämmerung in beeindruckenden Formationen gen Süden ziehen. Wer im Winter hierbleibt, macht sich auch bemerkbar, Spatz und

Meise, Häher und einige Wasservögel, die durchdringend rufen. Abends wird geuhut, morgens klopft ein Specht weit oben in der alten Linde. Es wird gegurrt, gebellt und gemeckert.

Morgens früh begrüßt unser Hahn den Tag, tagsüber kräht er ab und zu, er scheint sich mit einem Artgenossen am anderen Ende des Dorfes auszutauschen. Die Hühner sind ein freundliches Hintergrundrauschen, mal wird ein gelegtes Ei begackert, mal scheinen rege Unterhaltungen im Auslauf stattzufinden, Zank gibt es auch.

Nur der Maulwurf, der macht kein Geräusch. Der hinterlässt bloß sichtbare Ergebnisse, überall im Garten, unermüdlich. Frische Hügel erinnern mich an die Backmischung „Maulwurfkuchen", dabei sollte es doch umgekehrt sein. Stadtkind halt. Die Erde kann man für Topfpflanzen gut benutzen, rede ich mir die umgegrabene Wiese schön.

„Warte ab, bis du im Dunkeln das erste Mal über so'n gefrorenes Ding stolperst ...", gab Christo zu bedenken.

Das macht dann mit Sicherheit Geräusche.

Abgesehen von „Biolärm" ist bei uns nicht viel zu hören. Klar, wenn ein Auto mit siebzig oder mehr durch unsere Dreißigerzone fährt, das ist laut. Der Flüsterasphalt wurde offenbar nur bis zum Schloss verbaut. Dafür kommt hier manchmal eine Stunde lang gar kein Auto entlang, eher tuckert mal ein Trecker vorbei.

Dann gibt es natürlich noch den Gartenarbeitssound, der hier mehr ins Gewicht fällt als in der Stadt, mangels Gärten dort, mangels sonstiger Geräuschkulisse hier. In Berlin hörte man fast nur die Laubbläser, die dafür umso penetranter und ausdauernder. Aber sowas scheint hier zum Glück niemand zu besitzen.

Wir waren gerade eingezogen, als Christo durch den Zaun rief, er wolle uns vorwarnen, er müsste später mal kurz lauter werden, er hätte hinten im Garten was mit der Motorsäge zu tun. Ich erwartete, großstadtgeplagt, sonst was für infernalischen Krach – also, wenn jemand sogar ankündigt, dass es laut wird.

„Wollte Christo nicht Lärm machen?", fragte Marc nachmittags auf der Terrasse.

Wir lauschten. Man musste schon genau hinhören, um das freundliche kleine Brummen irgendwo im Hintergrund auszumachen.

Anfangs war die Stille ungewohnt, aber großartig. Hatten wir doch die Jahre zuvor nicht nur dünne Wände gehabt, sondern auch eine Dachaufbau- und Fassadendämmungsbaustelle nebenan. Und die normale Stadtgeräuschkulisse. Hier standen wir still im Garten, um dann freudestrahlend auszurufen: „Hörst du *irgend*was?!" Faszinierend und wohltuend.

Das Wort „Ruhe" ist ja zunächst neutral, in Nebenbedeutungen positiv besetzt, wie der *Duden* weiß. Ein als „ruhig" beschriebener Mensch erweckt bei mir die Assoziation von „angenehm zurückhaltend", eine als „still" charakterisierte Person eher von „unzugänglich" und „verschwiegen". Ruhe kommt gern in Begleitung von „himmlisch" daher. Man gönnt sich Ruhe, aber keine Stille. Stille hingegen kann auch drückend sein oder lähmend, in aller Stille wird man beigesetzt.

Manches Mal in diesem ersten Landwinter, vor allem morgens früh, waren wir keine Freunde, die Stille und ich.

Halb fünf. Marc atmete regelmäßig. Und bei mir ging das

Kopfkino los. Wie sollte ich das alles schaffen? So viel zu tun im Garten, so viel zu putzen im Haus, Autofahren lernen, Hilfe! Und der Hund geht zwar super mit Herrchen, aber mich wird er bald umschmeißen, wenn er sich losreißt, das Pferd von Schulzens schräg gegenüber zum Scheuen bringt, das seine Reiterin, Enkelin Schulz, abwirft, die dann mit Knochenbrüchen ins Krankenhaus muss und nie wieder reiten kann und ... Stille ist der ideale Nährboden für frühmorgendliche Ich-kann-das-alles-nicht-Gedanken und -Ängste. Besonders im Winter, wenn es gar nicht richtig hell wird und draußen alles grau ist, auch optisch still.

Selten empfinde ich das Fehlen jeglicher akustischen Eindrücke auch tagsüber als beklemmend, auch ein Wintereindruck. Ich bin allein zu Hause, Otto ist draußen. Ich fühle mich einsam, weitab von jedwedem Leben. Ich muss an das Buch *Großes Solo für Anton* denken, in dem besagter Anton feststellt, dass es auf einmal nur noch ihn gibt in der Welt. Ja, manchmal sehe ich tagelang nur meinen Mann, womöglich sind wir die letzten zwei Menschen ...

Doch nun ist es April. Die ersten Vorboten des Frühlings zeigten sich schon im Februar, das Grau wich Grün, nicht nur in Kopf und Seele. Erste neue Blätter an Bäumen und Sträuchern, Austrieb an Stauden, Frühblüher.

Heute waren es schon achtzehn Grad. Der Garten gleicht einem Dschungel, alles will raus aus der Erde, schießt in die Höhe und in die Breite. Ich habe einiges geschafft in den Beeten: einen Quadratmeter Giersch einschließlich vieler Wurzeln herausgezogen, dazu unzählige Nesseln. Herbstastern im Vor-

garten eingepflanzt. Die Gras- und Wildblumenaussaat ge-
gossen, die Möhren-, Pastinaken-, Erbsen- und Bohnensamen.

Kurz vor der Dämmerung rauche ich eine Zigarette auf der
Terrasse, angenehm erschöpft. Ich nehme einen großen Schluck
aus der Bierflasche, bleibe noch kurz sitzen, mit dem Gedanken:
Lauschst du einfach mal in die herrliche, friedliche Landruhe.
In dem Moment wirft Nachbar Schulz den Rasenmäher an. Ich
verschlucke mich. Und ich weiß: Ich bin nicht der letzte Mensch.

*

Wildwasserbahn und Wellness

„Was ist das schon wieder?", fragt Marc argwöhnisch, mit Blick auf ein recht großes Paket von einer Zoohandlung. Er meint, ich verhätschle den Hund mit immer neuen Spielzeugen und Leckerlis.

„Das ist Ottos neues Kuscheltier", entgegne ich und fühle mich im Recht. Der Verschleiß ist nämlich enorm.

Kein-Ohr-Kuscheltiere kann ja jeder. Wir haben inzwischen eine eindrucksvolle Sammlung von Kein-Gesicht-Stofftieren, zumeist Teddys. Die liegen auf Marcs Heimwerkerschreibtisch und warten auf ihre OP. Er hat zum Glück eine Nähmaschine. Derzeit liegen da zwei Teddys, Affi und Ratti.

Wenn man Marcs Arbeitszimmer unvorbereitet betritt, könnte der Anblick der malträtierten Kreaturen befremdlich bis verstörend wirken. Es fehlt ja schnell ein Schwanz, ein Ohr oder eben auch die Mitte des Gesichts, da beißt Otto besonders gern rein.

Es fing schon damit an, dass unser Kleiner als Welpe seinen ersten Teddy offensichtlich für ein Beutetier hielt, das fliehen kann. Teddy lag friedlich auf dem Wohnzimmerparkett, Otto pirschte sich fast katzengleich an, um dann, zack, mit einem Satz auf dem Teddy zu sein und ihn zu packen.

Und so ging es weiter. Otto schnappt sich das jeweilige „Kuscheltier" an Arm, Bein oder Schwanz, schüttelt es durch, indem er den Kopf wild von links nach rechts reißt. Er kommt mit dem eingespeichelten Ding zu uns: *Spielen!* Das heißt: versuchen, ihm das Vieh zu entreißen, erst mal kurz aufgeben: „Du bist so stark, Otto!" Erfolgserlebnisse sind ja wichtig. Dann, wenn der Hund kurz unaufmerksam ist, Teddy greifen und ihm damit vor der Nase herumwedeln, schnapp, Schütteln und von vorn. Oft liegt er mit Teddy auch auf einer seiner Decken, mit den Vorderpfoten sichert er die Beute, und dann wird gezerrt und gerissen und zwischendurch kräftig geleckt und zärtlich geknabbert – *Liebhaben, aber das Ohr muss ab!*

Nach Wochen intensiver Bespaßung durch Otto und damit einhergehender fortschreitender Geruchsentwicklung ist es dann soweit und ich erkläre dem Hund: „Teddy ist auf einem kurzen Abenteuertrip und bald zurück. Der fährt jetzt Wildwasserbahn." Mit spitzen Fingern das feuchte Ding gegriffen und ab in die Waschmaschine mit Puuuuuh, dem Stinkbär. Steigerung: „Teddy hat eine kleine Wellness-Behandlung" – ab in Marcs OP-Saal.

Ich hatte mal recherchiert und einen angeblich extra biss- und reißfesten Hundeteddy in XL-Größe bestellt. Der war erstens winzig (na gut, passend große Teddys für Leonberger zu finden, dürfte schwierig sein). Zweitens fehlten ihm nach zwei Tagen schon diverse Gliedmaßen, der Hinterkopf war geöffnet, die Füllung kam heraus. Otto hatte das Spielzeug entkernt, und da es mit dicker Kordel gefüllt war, ergab sich wenigstens gleich etwas

Neues zum Knabbern und Zerren. Das Herausquellen der Kordel aus dem Bärenbauch erweckte keine schönen Assoziationen.

Ratti schnappte sich der Hund vom Sofa, kein Hundekuscheltier und ohnehin verbotene Zone. Bei näherer Betrachtung fehlte Ratti dann ein Auge. Marc fand es wieder und barg es.

Er näht und füllt fast täglich eins der Tiere, sodass zumindest immer eins soweit geflickt ist, das Otto es bespielen, töten, beknabbern, quälen, amputieren und kuscheln kann.

Ein Teddy erhielt kürzlich eine Not-OP, nachdem er sein Innenleben größtenteils in der Waschmaschine zurückgelassen hatte. Der war schon ganz platt, vor allem der Kopf. Die angenähten Fadenaugen noch dran, in der Mitte klaffte ein Loch. Nach der OP hat er zwar immer noch kein Gesicht, aber wenigstens keine „offene Wunde" mehr, und durch das neue Auspolstern sieht das Stofftier von weitem aus wie eine große, faulige Birne – wir nennen ihn „Dick-Arsch-Teddy".

Ich ziehe einen kleinen Plüschfuchs aus dem großen Paket, ganz flauschig, aber platt. Otto schaut schon interessiert.

„Der ist ja gar nicht gefüllt," bemerkt Marc.

„Warte ab, bis Otto ihm in den Kopf gebissen hat, dann kannst du ihn zum Moppelfuchs ausstopfen."

*

Immer was los

„Wird euch nicht langweilig auf dem Land?", fragte mich kürzlich am Telefon ein Freund. Ignoranter Städter, dachte ich, hier ist immer was zu tun, ich würde mich manchmal über Langeweile freuen.

Es passiert erstaunlich viel in unserem kleinen Dorf, geplant oder unvorhergesehen. Und auf die eine oder andere Weise hat so ziemlich alles, was hier geschieht, mit der Natur zu tun. Ob Erntedankfest oder Jagdmesse. Naheliegend. Trotzdem für das Stadtkind ungewohnt.

Kurz nach unserem Umzug ins Dorf hatten wir eines Morgens in der Ferne Schüsse gehört, näherkommend. Ungewohnt, befremdlich erst einmal. Gut, dass Otto nach ein paar Wochen Stadtleben abgehärtet war durch Presslufthammer & Co. Er hob noch nicht mal den Kopf, als es knallte. Die Jagdsaison kündigte sich an.

Christo bestätigte: „Ja, das fängt jetzt an, leider. Geht besser nicht in den Wald."

Menschen brachten ihre Gärten auf Vordermann für ihre Jagdbesucher, die Jagdmesse nahte. Beim Gassigang zum Schlosspark grüßte mich ein Mann kopfnickend, er lehnte an seinem Geländewagen, ein Gewehr lässig in seinen Händen. Möge es ein Jäger sein, dachte ich, sogleich Szenen aus „Aktenzeichen XY" im Kopf. Otto wedelte mit dem Schwanz und hätte mich notfalls bestimmt ganz toll beschützt.

Am Messe-Wochenende beobachtete ich den Andrang auf unserer Straße durchs Arbeitszimmerfenster, hinterm Vorhang. Menschen allen Alters, Gewehre umgehängt oder geschultert, vorwiegend in Funktionsklamotten, reflektierenden Warnwesten oder -jacken. Selbst den Hunden – zu viele Dackel für meinen und Ottos Geschmack – hatte man leuchtende Mäntelchen umgeschnürt. Nur wenige Männer, eher ältere, in klassischer grüner Jagdbekleidung, mit Hut.

Ich stellte mir vor: Shopping Queen Prignitz: „Halali – style dich modisch zur Eröffnung der Jagdsaison". Auf jeden Fall obenrum etwas in Neonfarbe, um nicht erschossen zu werden. Als bewussten Stilbruch eine schmutzabweisende Lodenhose und dazu kniehohe Jagdstiefel, das streckt das Bein.

Das nächste offizielle Großereignis war der Weihnachtsmarkt auf dem Schlossvorhof. Wobei auch die „Schlachtewoche" im November beim Metzger im Nachbardorf durchaus Ortsgespräch war.

Marc und ich hatten uns bereit erklärt, am Glühweinstand zu helfen, in unterschiedlichen Schichten, damit Otto nicht zu lange allein zu Hause wäre. Es lag Schnee, die Sonne schien, ein perfekter Tag.

Meine Frühschicht begann damit, dass der Glühwein fehlte. Auch die Biertische und -bänke. Schlossherr Arthur hatte den

Schlüssel für den Kellerraum mitgenommen, in dem alles Wichtige aufbewahrt wurde. Und Arthur war im Wald, Holz schlagen. Da er kein Mobiltelefon benutzte (und im Wald ohnehin wahrscheinlich keinen Empfang gehabt hätte), fuhr Christo los und fand Arthur schließlich, dem Schnee sei Dank, mithilfe von Reifen- und Fußspuren.

Der Markt füllte sich, ab dem frühen Mittag wollten alle Glühwein trinken. Wir, Nachbarin Anni, Arthurs zwei Söhne, einer seiner Enkel und ich, schenkten aus, spülten Gläser, füllten Glühweintöpfe auf, zählten Geld, erstatteten Pfand. Anni stellte mich weiteren Nachbarn vor, versuchte zu erklären, wer wer ist, und ich würfelte am Ende alle Informationen in meinem Kopf bunt durcheinander, aber das war nicht wichtig. Manche fragten interessiert, was wir hier machten, woher wir kämen, wie es uns hier ginge.

Wir aßen Reibekuchen, tranken einen Glühwein und noch einen, und bald schon konnte der zehnjährige Enkel besser die Kasse bedienen als wir. Ich war glücklich, dass ich Stollen kaufen konnte, der gehört doch Weihnachten dazu, auf Brandenburgisch aber „Stolle". Marc löste mich ab und kam recht spät beschwingt und redselig nach Hause.

Zwei Tage später folgte ein Glühwein-Restetrinken, es fand bei Arthur, im Seitenflügel des Schlosses, statt. Marc musste passen, der Kater war noch zu frisch. Wir nutzten den Abend zur Nachbesprechung und gleich zum Überlegen, was wir im nächsten Jahr noch besser machen könnten. Zum Beispiel mit Preisen ohne Nachkommastellen arbeiten, was das Rechnen und Pfandaddieren und -abziehen deutlich erleichtern würde.

Ein Dankeschön-Essen für alle Helfer gab es einige Wochen

später, natürlich im Schloss. Es fühlte sich langsam so an, als lebten wir schon länger hier, mittendrin, angekommen und angenommen. An der Oberfläche zumindest. Noch hatten wir keine Gelegenheit gehabt, uns in Dorfstreitigkeiten oder schwelende Feindseligkeiten zu verstricken, wir waren die Neuen und hielten uns tunlichst raus, wir waren die Schweiz.

Das nächste Ereignis, Müllsammeln an der Dorfstraße, am Schloss und am Waldrand, mussten wir verschieben, da just an dem Samstagmorgen eine zehn Zentimeter dicke Neuschneeschicht jeglichen Unrat in unschuldiges Weiß gehüllt hatte. Zwei Wochen später fanden wir dann allerlei am Wegesrand und im Unterholz, Bonbonpapiere, To-go-Becher, Flaschen, Dosen, Eimer, benutzte Windeln. Christo hatte ein antennenartiges Metallteil aus dem Brombeergestrüpp gezerrt, das er für seine Gartenkunst gebrauchen konnte. Wir verpflasterten Christos Arme und Gesicht, belohnten uns mit Bier und Bratwurst am Feuer und dachten uns gruselige Geschichten zu unseren Müllfundstücken aus.

Nun steht bald das Dorf-Sommerfest an. Wären wir kulturell interessierter oder mutiger, könnten wir auch immer mal wieder kleinere Konzerte und Theateraufführungen im Schloss und Schlosspark besuchen, wahrscheinlich wird es uns eher zum Metal-Festival im Nachbarort ziehen. Zum Mittelalterspektakel vielleicht, mal sehen, mir wird es schnell zu karnevalesk, wenn Menschen in sackartigen Gewändern aus Hörnern trinken.

Was noch? Zufallsbegegnungen, Spontanes, häufig. Mal verplaudere ich mich unterwegs mit Touristen, kurze Einblicke. Die einen sind auf der Durchreise und überrascht von diesem idyllischen Dörfchen, manche besuchen Freunde oder Verwandte, die es auch in unsere Region verschlagen hat, meist Hauptstädter, die irgendwo einen alten Hof übernommen haben. Andere suchen hier bewusst die Ruhe, wie der Landwirt, der nur dreißig Kilometer weit entfernt lebt und seine Auszeiten in einem altertümlichen Wohnwagen bei uns auf dem Stellplatz am Schloss genießt: „Die sollen mal machen ohne mich", meint er und grinst.

Mal ein Kaffee, mal ein Bier, ein neuer Grill, der eingeweiht werden will, ein spontaner Abend an der Feuerschale. Nein, langweilig wird es nicht.

Die Tiere sind ohnehin immer für Überraschungen gut, ob Massenausbruch aus dem Hühnergehege oder im Sturm notgelandeter Schwan.

An dem Tag, an dem der Schwan im Gemüsebeet stand, war ich allein zu Hause. Otto saß im Wintergarten, kerzengerade, und schaute intensiv nach draußen. Ich traute meinen Augen nicht. Ich hielt den Hund mit Mühe davon ab, mir in den Garten zu folgen, schnappte mir den größten Rechen und versuchte, den großen Vogel erst einmal aus dem eingezäunten Beet herauszutreiben, was mit Fauchen quittiert wurde. Als es dann doch geschafft war, ließ der Schwan sich natürlich nicht zum geöffneten Gartentor lotsen. Schwäne brauchen Anlauf, um starten zu können, hatte ich mal in einer Doku gesehen, das Biest musste also auf die Straße. Anni kam gerade zufällig vorbei, guckte einen Moment und ging weiter. Na toll. Sie kam zum Glück kurz darauf mit Christo zurück. Zu dritt gelang es uns, den Schwan in eine Ecke am Zaun zu scheuchen. Anni warf gekonnt ihre Jacke über das Tier, sodass es nichts mehr sehen konnte, packte es unter den Flügeln und bugsierte es auf die Straße, zurück in die Freiheit.

„Puh, war der schwer", kommentierte sie und wischte sich den Schweiß von der Stirn.

Wo nahm diese kleine, zierliche Person so eine Kraft her?

„Endlich passiert mal was!", rief Christo und lachte.

„Hast du das schon mal gemacht?", fragte ich Anni, beeindruckt.

„Dunkelheit beruhigt Vögel", erklärte Christo.

„Wenn du das weißt, warum hast du ihn dann nicht geschnappt?", fragte Anni.

„Ich hab doch Rücken", entgegnete Christo und grinste.

Sehr lehrreich und bisher die Krönung tierischer Begebenheiten war schließlich die Lösung des Rätsels an unserem Gartenzaun: Marc bemerkte kürzlich ein Loch unter dem Zaun, ganz hinten an der Grenze zum Feld. Er stopfte das Loch mit einem mittelgroßen Findling, sicher so schwer wie zwei Backsteine. Ein paar Tage später wunderten wir uns: Der Findling lag im Gras, das Loch war wieder da. Wer oder was grub sich da in unseren Garten? Das Spiel wiederholte sich ein paar Mal: Stein zurückgeschoben, Stein wieder weggerollt.

Christo riet uns zur Anschaffung einer Wildtierkamera. Aber welches Tier sollte so eine Kraft haben? Und welcher Einbrecher wäre so schmal, dass er durch so eine Lücke in den Garten käme? Abgesehen davon, dass dann ja auch irgendwas hätte gestohlen sein müssen. Abgesehen auch davon, dass ein Mensch wohl eher *über* den Zaun klettern würde.

Marc installierte die Kamera, wir warteten ein paar Tage ab. An die Aufnahmen hatte ich keine großen Erwartungen. Zumindest hatte ich noch keine Tiere oder Spuren bei uns entdeckt, okay, ich bin nachts nicht draußen, und die Losung von Waschbär und Co. erkenne ich auch noch nicht. Aber heißt es nicht, Wildtiere riechen den Hund und halten sich dann eher fern? Das gilt vielleicht nur bei Hunden, die nachts draußen im Zwinger sind und nicht bei verwöhnten Haushunden wie dem unseren.

Der Videoabend war jedoch ein voller Erfolg. Wir mussten nicht lange warten, im Zeitraum zwischen zweiundzwanzig und fünf Uhr früh wurde einiges geboten: In grobkörnigem Schwarzweiß zeigte sich ein dicker Dachs. Der mit dem Findling keine größeren Probleme hatte, er stemmte ihn mit viel Kraft weg. In seiner Anmut an unser großes Hundekind erinnernd, schob er seinen dicken Hintern in unseren Garten. Der Weg war bereitet. Wir staunten nicht wenig. Trapp, trapp, flutsch, da war der Fuchs. Gefolgt, etwa eine Stunde später, von einem eher kleinen Waschbären. Als nächster Nachtgast schlüpfte eine Katze durch das Loch, Beute im Maul. Und der fünfte im Bunde robbte auch noch aufs Grundstück, ein Marder. Wir stellten uns vor, wie der Dickdachs Nacht für Nacht die Pforten öffnete für die Partybande.

Und alle markierten hinten auf dem Grundstück, am Zaun. Wir fragten uns, ob sie so kommunizierten, vielleicht eine Art WhatsApp-Gruppe der Tierwelt:

Bin da, wo bleibt ihr?

Ey, chill mal, Alter.

Hab was zu naschen mitgebracht.

Treffpunkt Schuppen, oder wie war das?

Freu mich, Küsschen [Emoji]

Ein bisschen fühlten wir uns wie Voyeure, aber wir werden sicher weiterhin ab und zu das nächtliche Treiben in Augenschein nehmen. Besser und lustiger als Fernsehen ist das allemal. Den Findling legen wir trotzdem immer wieder zurück an den Zaun, der Dickdachs soll sich ruhig anstrengen und abspecken, bis zur Bikinifigur ist es noch ein weiter Weg.

*

Freiheit oder Vogelfutter

Es ist Mitte Mai, der Himmel wolkenlos blau. Ich sitze in meiner ausgeleierten Jogginghose auf der Terrasse, im T-Shirt, die Haare zu einem Durcheinanderknoten hochgebunden, ungeschminkt sowieso. Ich schaue aufs Kräuterbeet mit seinem sich schlängelnden Weg aus alten Backsteinen. Den Pfad hatte ich über einige Wochen geplant, aber nicht so hinbekommen, wie ich es mir vorgestellt hatte; Marc zauberte ihn dann innerhalb von zwei Stunden ins Beet.

Ich staune über die Fliederbüsche, die gerade anfangen zu blühen, eine Farbexplosion, magentaviolettrosa, als könne er sich noch nicht für eine Farbe entscheiden. Mein Blick schwenkt zum Gelb und Weiß des Löwenzahns, des Schöllkrauts und der Gänseblümchen in der Wiese. Ich lausche dem ausdauernden Kuckuck im Hintergrund und den frechen Spatzen. Einfach mal so. Ein Milan kreist über dem Feld.

Ich weiß, da warten noch etliche Quadratmeter Unkraut auf meine Handschaufel und Harke und so weiter und so fort – ich hingegen arbeite gerade an etwas anderem, nämlich an meiner Grundeinstellung, und zucke mit den Schultern: morgen vielleicht. Heute schaue ich nachsichtig auf meine schmutzigen

Fingernägel und lächelnd auf die knospende Pfingstrose, auf deren Duft ich mich schon freue. Welche Farbe die Blüten wohl haben werden?

Marc kommt des Wegs, einen Spaten in der Hand, bremst kurz ab und fragt, sichtlich irritiert: „Hast du nichts zu tun?"

„Nö", antworte ich und lächle ihn an.

„Gut, weitermachen!", ruft er.

Ich glaube, er freut sich.

„Entspann dich mal!", sagte Marc früher manches Mal zu mir. Inzwischen weiß er glücklicherweise, dass diese Aufforderung bei mir das Gegenteil bewirkt. War ich zuvor gereizt, bin ich nach diesem Spruch „fuchsteufelswild", wie meine Mutter es formulieren würde; ich finde, das Adjektiv beschreibt meine Entspann-dich-mal-Reaktionsstimmung hervorragend.

Im Kern hat er recht, denn ich steigere mich oft in Überplanung und in natürlich nicht erfüllbaren Perfektionismus hinein, und wenn ich etwas nicht so schaffe, wie ich es mir vorgenommen habe, bin ich mindestens angespannt und für meine Umgebung unausstehlich, für mich selbst ohnehin.

Mit meiner Ver- und Anspannung habe ich mir schon viel Lebenszeit verdorben, auch hier auf dem Land, wo wir doch alles entschleunigter und gelassener angehen wollten. Bloß bei Äußerlichkeiten wie Kleidung oder Make-up hatte das bisher geklappt. Ansonsten wirbelte ich und fand keine Ruhe.

Ein Umzug ist anstrengend, aber ich blieb in dem Modus hängen. Ich wartete ja selbst auf den Moment, in dem ich mich einfach mal aufs Sofa setzen und „Hach, was ist das schön hier!" denken und fühlen würde, oder in dem ich heiter und staunend durchs Haus, durch den Garten und den Wald gehen würde. Der Moment kam aber nicht, blitzte höchstens mal kurz auf, eher eine Ahnung.

Liegt es am Frühling? An der Sonne, der Wärme? Ich will es gar nicht weiter hinterfragen, ich tappe einfach weiter entspannt herum. Ein bisschen stolz auch bisweilen. Meine ersten eigenen Aussaaten zeigen sich im Gemüsebeet. Zuerst kamen die Erbsen, nun sind schon vereinzelt Bohnenblättchen zu sehen. Ich hatte auch – laut einer Nachbarin mutig früh – Saatkartoffeln und dazu ein paar keimende Kartoffeln aus unserem Supermarkt-vorrat ins Beet gesetzt, und beide Sorten kommen nun gleicher-maßen ans Licht, was mich besonders freut. Sehr befriedigend. Auch die in Kästen, wie jedes Jahr, ausgesäten Portulakröschen zeigen schon winzige Blätter. Die Tomaten hingegen – die kön-nen mich mal. Nach meinem eigenen erfolglosen Anzucht-versuch hatte Anni mir Pflanzen geschenkt, die nun noch im Wintergarten stehen und nicht besonders kräftig wirken. Soll sich Marc um sie kümmern, ich mag sie ohnehin nur in Nudel-soße oder Ketchup.

Nein, es regt mich auch nicht auf, dass Marc beim Salatein-pflanzen den Erdaushub und das alte Laub genau auf die Bahn geworfen hat, in die ich – wie in den Gartenplan eingetragen und kommuniziert – wenige Tage vorher Gurken und Zwiebeln ausgesät hatte.

Am Unkraut stresse ich mich auch nicht mehr. Ich hocke, knie, sitze täglich im Beet und sage mir: Ich hab Zeit. Okay, das denkt sich der Giersch womöglich auch. Ich bewundere das Wurzel-werk, das mich, nicht besonders tief in der Erde kreuz und quer, über- und untereinander verlaufend, an amerikanische Stadtautobahnen erinnert. Nur Geduld, ich krieg euch. Dabei ersinne ich Buch- und Filmtitel wie „My Empire of Giersch" oder „Der Jäti", mit dem Blockbuster-Nachfolger „Der Jäti II – Giersch-O-Mania". Vielleicht sollte ich meinen Kopf, mein Hirn besser vor der Sonne schützen. Ich spreche mit dem Kraut, entschuldige mich bei Nesseln, Katzenminze und Gundermann, die ich versehentlich mit entwurzle und auch gleich bei den Ameisen, die ich aufscheuche. Bei den Larven ohnehin, die teils noch nicht bereit für das Leben außerhalb der Erde zu sein scheinen, teils schon lebhaft zucken. Ich decke Schnecken wieder ab und Regenwürmer.

À propos Tiere, auch bezüglich unseres so viel größeren Familienmitglieds Otto, bald ein Jahr alt, über fünfzig Kilo schwer und auf dem Weg zu einem hüfthohen erwachsenen Leonberger, sehe ich vieles gelassener. Ob Blähung, Durchfall, Erbrechen, mal ein Humpeln, Fiepsen in allen Tonlagen sowieso – alles in allem nehmen wir Ottos Befindlichkeiten zur Kenntnis und warten erst mal ab, das meiste gibt sich von selbst. Die einzige Ausnahme ist die hier reichlich vertretene Auwaldzecke, tödlich für Hunde. Sie fordert, worüber wir alle nicht böse sind, tägliches Extremknuddeln – dabei findet man die Biester am besten –, dazu Zeckenhalsband und vorbeugende Tabletten.

Wenn Otto uns anfangs abschlabberte, wusch ich mir gleich die Hände oder das Gesicht, genauso spülte ich mir die Hände ab, wenn ich mit Futter oder Leckerlis hantiert hatte. Das mache ich so gut wie gar nicht mehr. Unterwegs hat man ohnehin selten die Möglichkeit, sich zu säubern, Feuchttücher sind letzten Endes nur zusätzlicher Müll. Und wir sind Familie, also was soll's.

Auch Ottos Erziehung versuche ich inzwischen gelassener anzugehen, was mir allerdings nach wie vor beim Gassigehen nicht leichtfällt, wenn er an der Leine zerrt, weil er andere Pläne hat als ich. Je ruhiger und sicherer ich selbst bin, desto entspannter ist der Hund, schon klar.

Wenn Otto, kaum dass ich gesaugt und gewischt habe, durchs Haus läuft und dabei seine Schneise aus Sand oder feuchten Pfotenabdrücken hinterlässt, schaffe ich es nun fast immer, nicht noch mal hinterherzusaugen. Wir sind auf dem Land, im sandigen Brandenburg, es sieht überall so aus.

Überhaupt: Ordnung und Sauberkeit. Bei meinen Stadtbesuchen in den letzten Monaten war ich in den Wohnungen von Freunden, nach Jahren, sonst hatten wir uns eher in Cafés, zum Spaziergang oder bei uns getroffen. Einblicke in das Zuhause von Sammlern und von Künstlern – ich muss sagen, im Vergleich haben wir einen geradezu zwanghaft übersichtlichen, aufgeräumten Haushalt. Das brauche ich aber auch, ich empfinde mich selbst, meine Gedanken und Gefühle als chaotisch genug, da ist es mir ein Graus, wenn die Räume, in denen ich mich aufhalte, auch noch Wimmelbildern gleichen.

Größere Putzaktionen spare ich mir jetzt immer für den nächsten Besuch auf, sonst reicht es mir auch etwas gepfuscht – Hauptsache, auf den ersten Blick schön. Es gibt Wichtigeres.

Und dann gibt es noch ein Thema im Haus, das mich zu Beginn geradezu anwiderte. Die Viecher unterm Dach und im

Schlafzimmer. Das Mäusetrappeln ignoriere ich inzwischen erfolgreich. Die Fliegen und Wanzen waren immer die größere Herausforderung. Als ich letztere als Kiefernwanzen bestimmt hatte, also wusste, mit was ich es zu tun hatte, ging es mir schon besser mit den recht großen Insekten. Und abends im Bett stellte ich mir vor, wir wären im Urlaub auf einem Landgasthof, da gehört das Summen dazu.

Anfangs versuchte ich noch, die vermeintlichen Insektenleichen mit dem Akkustaubsauger zu beseitigen. Die meisten sind aber noch nicht ganz tot, vielleicht ruhen sie auch bloß, jedenfalls widersetzten sie sich meist ausdauernd gegen das Einsaugen. Ich fühlte mich schlecht.

Als entspanntere Version meiner selbst nahm ich ein Saftglas mit ins Schlafzimmer und eine stabile Postkarte. So stülpe ich das Glas über Fliegen oder Wespen, die an der Fensterscheibe sitzen, schiebe die Karte vorsichtig darunter und werfe die Tiere aus dem Fenster. Im Moment bin ich noch weit von der Fliegenpatsche entfernt, aber ich möchte das nicht für den Sommer garantieren, wenn wir womöglich wieder eine Plage unterm Dach haben.

Die Kiefernwanzen nehme ich vorsichtig mit einem Stück Toilettenpapier auf, öffne das Fenster und schüttle sie raus. Und da ich nicht weiß, ob sie sterben oder nur ruhen, rufe ich ihnen hinterher: „Freiheit oder Vogelfutter!"

Der Himmel zieht sich zu, es soll noch regnen. Perfekt, so muss ich nicht mehr gießen. Ich werde mich nun an meinen Schreibtisch setzen und der Königsdisziplin nutzlosen Tuns frönen, einer Tätigkeit, deren Sinn, für mich zumindest, nur darin be-

steht, mich zu beschäftigen, zu fokussieren und dabei zu ent-
spannen. Mich nach Tagen befriedigt über das Ergebnis zu
beugen, alles wieder zu zerstören und mich nie wieder damit
abzugeben: Ich werde puzzeln!

*

Kleiner Großer

Ostern war ich bei meinen Eltern. Ich hatte mich gefreut auf fünf Tage Nichtstun, ohne Verantwortung für Hund, Hühner, Pflanzen. Am zweiten Tag wollte ich so gern mit Otto knuddeln, in sein weiches Fell greifen. Sein wacher Blick fehlte mir, mal aufmerksam (*Wie kriege ich das Leckerli am schnellsten?*), mal lieb (*Gib mir was zu futtern, biiiiitte, ich hab's mir doch verdient, es ist doch klar, dass die dreihundert Gramm Trockenfutter, die ich vor Sekunden verputzt habe, nicht reichen!*), mal frech (*Guck mal, ich habe ein tolles Spielzeug aus dem Beet gebuddelt, spiel mit mir! Jetzt!*). Sogar sein leicht brackiger Langfellhundeeigengeruch fehlte mir. Kurzum, ich stellte fest, dass ich den Kleinen vermisste. Natürlich vermisste ich Marc auch, aber wir sind es gewöhnt, uns mal ein paar Tage lang nicht zu sehen.

Fellmonster Otto ist nun ein Jahr alt und hat sich in mein Herz geschlichen – also in seinem Fall eher: gerumpelt.

Anfangs war ich mir nicht so sicher, ob das mit uns funktionieren würde. Zwei Menschen ohne Hundeerfahrung, ein Leonberger-Welpe und ein größerer Umzug.

Und immer noch fühlen wir uns wie Eltern, Freiheit adé. Das

pubertierende Biest ist impulsgesteuert, ein sturer Bock, ein Kontrollfreak mit ADHS, ein Pflanzenmörder par excellence. Und trotzdem ...

Wie soll man sich einem kleinen Wesen entziehen, das einen mit seiner Liebe überrennt? Die er uns von Anfang an gern gezeigt hat, indem er uns abschleckte, am liebsten im Gesicht, auch die Haare, wenn er sie erwischte, die Zehen schlabberte er auch gern ab. Je mehr ich lachen musste, weil mich das kitzelte, desto mehr freute sich Otto, angespornt zu weiterem Irrsinn.

Zunächst war ich irritiert von seinem irren Blick, wenn wir spielten und schmusten, Otto machte mir fast Angst, wenn er vor (und auf) uns herumhüpfte, leicht schielend, das Maul zu einer Art Lachen aufgerissen, Hecheln, der Schwanz peitschte hin und her. Mäuschen war aufgedreht und in bester Spiellaune – sah aber so aus, als müsste man das Tier ganz schnell einliefern.

Den irren Blick hat er beibehalten. Wenn er überdreht, nimmt das Schielen zu, und er springt wie ein Bock durch den Garten. „Nach müde kommt blöd", kommentiert Tiertrainer Rolf. Also kein Grund zur Sorge.

Als frische Hundeeltern sorgten wir uns in den ersten Monaten oft, aber der Kleine hatte zum Glück nie etwas Schlimmes. Mehrmals war es eine Bindehautentzündung, leider gepaart mit einer Allergie gegen die erste Augencreme; das pflanzliche Mittel, „Augentrost", half nicht. Die nächsten Augentropfen schlugen an, der Tierarzt erklärte uns, die Entzündung käme bei der Rasse häufiger vor, wegen der Augenlider, die so liegen, dass die Augen leicht durch die Wimpern gereizt werden. Mit einem kleinen Eingriff könne man das aber später beheben. So wird der Hund wohl als Erster und Einziger in der Familie eine

Art Schönheits-OP haben.

Dann zahnte Otto, was ein paar Wochen dauerte und erstaunlich problemlos verlief. Einmal erschrak ich jedoch sehr, als ich morgens in den Flur kam, wo der Hund schlief, und auf den Fliesen einen kleinen rotweißlichen Klumpen sah; ich traute mich nicht, genauer hinzuschauen. Hatte Otto einen Zahn verloren? Warum das Blut? Oder hatte er sich anders wehgetan?

Marc warf einen prüfenden Blick auf die Hinterlassenschaft, kombinierte und rief: „Guck mal aufs Sofa ..."

Dort lag eine in winzige Fetzen zerlegte vormals rotweiß karierte Serviette, die der Hund offenbar gründlich bearbeitet hatte. Seitdem schließen wir die Tür zum Wohnzimmer nachts.

Nur ein letzter Milchzahn, ein kleiner Fangzahn, wollte sich nicht von allein lösen, er wackelte noch nicht mal. Er sollte unter Vollnarkose herausoperiert werden. Wir schwankten zwischen der Angst, dass etwas schiefgehen könnte, und dem Bedauern, dass Otto die Narkose und Operation würde erleben müssen, und andererseits einem leichten Kribbeln, endlich einmal wieder etwas zu zweit unternehmen zu können – wobei wir ohnehin die ganze Zeit an den Kleinen hätten denken müssen. Rechtzeitig fand ich morgens das säbelförmige Zähnchen auf den Fliesen.

Alles in allem scheint Otto recht robust zu sein, er ist ja auch kein Chihuahua. Einmal war er so schnell und wild im Garten unterwegs, dass er eine Kurve nicht erwischte und hinfiel. Er jaulte kurz, ich erschrak, weil er noch nie vor Schmerz gejault hatte, und wollte Marc holen, da kam der Kleine mir schon hinterhergehinkt – lieber Schmerzen, als etwas zu verpassen. Es war eine Prellung, er humpelte ein paar Tage lang.

Die meisten Sorgen haben keine konkrete Ursache, sind wohl

eher eine Art elterliche Grundangst, dem Kind könnte etwas zustoßen. Diese verarbeite ich in Träumen, gerade in den ersten Wochen tauchte Otto da oft auf.

Einmal war ich im Traum wandern und Otto rannte davon, er wollte zu Herrchen. Der Abstand zwischen uns wurde immer größer, die Landschaft war bergig, ich wachte mit dem Gefühl auf, den Hund verloren zu haben. Ein anderes Mal befanden wir uns in einem Haus, in einer höheren Etage, und Otto stürmte im Schlaf oder Halbschlaf in Richtung eines bodentiefen Fensters, ich konnte gerade noch einen Fuß zwischen ihn und die Scheibe schieben, damit er nicht in vollem Schwung ins Glas rennen würde. Immerhin, selten in meinen Träumen, konnte ich ein Unheil also abwenden.

Üblicher ist so ein Geschehen, bei dem ich an einer Aufgabe scheitere – den Hund zu bewachen, zu schützen oder bloß zu füttern: Ich irrte zum Beispiel eines Nachts in einem weitläufigen Urlaubskomplex herum, sollte Otto und anderen Hunden Futter geben, konnte diese eigentlich nicht so schwere Aufgabe aber nicht bewältigen, weil die ganze Zeit etwas dazwischenkam, wovon ich mich ablenken ließ.

Gar nicht schön war es auch zu träumen, wir müssten Otto an Christo abgeben. Bei dem wir unseren Hund in Wirklichkeit bedenkenlos in Pflege geben würden. Im Traum aber lebte er in einem anderen Haus, in einer fremden Umgebung. Wir besuchten Otto dort, aber dann durften wir nicht mehr ins Haus. Wir hörten ihn jämmerlich fiepen, konnten aber nichts machen, ich fühlte mich traurig und hilflos.

Diese Art Träume sind zum Glück seltener geworden. Überhaupt überwiegt bei allen Ängsten und Sorgen doch die Freude, das Lachen – Otto ist meistens gut gelaunt und manchmal ein richtiger Kasper.

Wenn er zum Beispiel fast katzengleich in mein Arbeitszimmer stromert – Krallen auf Fliesen, schrapp, schrapp, das Hecheln wird lauter –, haben wir eine Art Choreografie. Ich sitze am Schreibtisch, und zuerst schiebt Otto seinen Kopf durch meine rechte Achsel, *hallo, ich bin jetzt hier, was geht?* Dann drehe ich mich zu ihm um und rufe: „Autoscooter!"

Otto schiebt mich mit meinem Bürostuhl quer durch den Raum, für etwas Kirmesfeeling deklamiere ich: „Ringdeding-dingding, auf geht die wilde Fahrt!", ich knalle mit dem Stuhl ans Gästebett, wende, auf in die andere Richtung bis zum Sofa. Nach der Action knuppert das wilde Riesenbaby etwas an der Grünlilie, bevor es sich mit einem Plumps einem Nickerchen zuwendet.

Otto erweitert unseren Blickwinkel, schon allein dadurch, dass er bereits morgens früh gut gelaunt ist. Schütteln, Strecken, Teddy-Schnappen, kann losgehen. Seine Lebensfreude ist unbedingt ansteckend, okay, vielleicht noch nicht morgens um sieben. Aber selbst unausgeschlafen, schlecht gelaunt, bei schlimmstem Regen weiß ich es zu würdigen, wie der Kleine jeden Morgen ohne Zögern hinaus in die Welt galoppiert, leichte Schieflage, die Schlappohren fliegen.

Sein Blick auf die Welt ist ein anderer und bereichernd, manchmal lehrreich. Er ist freundlich und offen gegenüber allem Neuen, vorbehaltlos.

Ja, er rührt uns auch und macht uns stolz. Bei etwas eigentlich Banalem zum Beispiel, nämlich als wir das erste Mal erlebten, wie er zum Pinkeln ein Bein anhob.

„Unser Großer!", kommentierte Marc und lächelte selig, als wäre Otto durch einen mysteriösen Initiationsritus nun zum Mann, also zum erwachsenen Rüden, geworden.

Ein anderes Mal hatten wir wirklich Grund, überrascht und stolz zu sein: Otto schlawenzelte hinter den Koniferen herum, an der Grundstücksgrenze zu Christo. Und er schlug an, sonst bellt er fast nie. Ich schaute auf, konnte nichts erkennen, seine Heldin, Bella, war nicht zu sehen, aber vielleicht hatte Christo ja Besuch, den unser Hund noch nicht kannte. Otto blieb an derselben Stelle stehen und bellte weiter. Marc ging nachschauen – und kam wieder mit einem Küken. Einem sehr großen Küken mit einem eindrucksvollen Schnabel, wir nannten es Herr Schnäbli. Dieser war offensichtlich aus seinem Nest gefallen, ein Ringeltauben-küken, wie eine Dame von der Tierrettung erkannte. Zum Glück konnte Marc das Nest finden, mit der Leiter erreichen und Herrn Schnäbli zurücksetzen. Und wir stellten fest: Otto hatte uns auf das hilflose Wesen aufmerksam gemacht, es selbst aber nicht angerührt. Kleiner Großer, gut gemacht.

Es lässt sich auf einen Nenner bringen, was Otto uns schenkt: Glück. Er vertraut uns uneingeschränkt, er gibt und fordert ganz viel Liebe, jeden Tag.

Als ich Ostern zurückkehrte, aus dem Auto ausstieg, da überrannte mich Otto fast vor Wiedersehensfreude. Der Schwanz rotierte, als würde der ganze Hund gleich abheben. Er weiß, dass er nicht an mir hochspringen soll, also machte er Luftsprünge. Ich setzte mich auf die Terrasse, Marc kam dazu, schaffte es kaum, mich zu umarmen und mir einen Begrüßungskuss zu geben, weil Otto mir gerade übers Kinn schleckte, über die Hände, ich kraulte den Kleinen hinter seinen samtweichen Ohren. Nach ein paar Minuten fiel er erschöpft vor Marcs Füßen um, blieb ausgestreckt auf der Seite liegen und grunzte zufrieden. Wir waren endlich wieder komplett.

*

Die Winter sind hart, die Sommer lang

Aus dem Schlafzimmerfenster schaue ich auf den blühenden Flieder. Morgens, kurz vor sieben, die Sonne knallt, Marc ist schon aufgestanden. Wir brauchen dringend Rollos, denke ich, aber der erste Blick auf die Blütenpracht ist so ein guter Start in den Tag. Mückenschutz wäre sinnvoller, dann könnte ich das Fenster nachts auflassen und den Flieder sogar riechen.

Ich war wieder um halb fünf wach, konnte aber noch mal einschlafen. Ich habe geträumt, Marc hätte einen Hochdruckreiniger gekauft.

Unten riecht es nach Kaffee und Brötchen. In der Küche kommt Otto angewedelt.

„Nicht so wild, Kleiner, du hast gerade gefrühstückt!"

Hund kraulen, Mann küssen, starker Kaffee und die selbstgemachte Erdbeerrhabarbermarmelade, die uns Nachbarn geschenkt haben.

„Wieso hast du so früh schon gute Laune?", fragt Marc leicht misstrauisch.

Vielleicht, weil der Sommer beginnt.

Als wir im letzten Oktober in unser Dorf gezogen waren, sagte eine neue Nachbarin: „Hier sind die Winter hart und die Sommer lang." Und es schwang mit: Müsst ihr schauen, ob ihr damit klarkommt, ihr Buletten, ich wage es zu bezweifeln.

Unser erster Winter hier war sowohl hart als auch lang. Dunkelheit, Stille, Alleinsein auszuhalten, ist mir nicht immer gelungen.

Manchmal vermisse ich nach wie vor die Stadt, das Trubelige, Bunte, die Menschen, alle paar Monate. Ist doch in Ordnung. Ein paar Tage, dann reicht es. Wenn ich zurückkomme, nach Hause, fällt mir erst recht auf, wie ruhig, wie weit, wie grün es hier ist. Eine andere Luft, ein anderes Licht.

Staunen über die Natur, täglich, ob über eine kleine graue Kröte im Beet, die Entdeckung einer Akelei unter einem Küchenfenster oder den Himmel kurz vor einem Gewitter.

Lernen, täglich, über Pflanzen und Tiere, Gartengeräte und Werkzeug. Anfangs hatte ich mich gefreut, dass unsere Vorbesitzerin uns in einem Schuppen unterschiedliche Schaufeln und Harken hinterlassen hatte, mehr gab mein Gerätevokabular noch nicht her. Inzwischen weiß ich, dass darunter Handeggen sind, ein Sauzahn, eine Grabegabel, Rechen, Spaten, Wurfschaufel und einiges mehr. Ein Drehmomentschlüssel ist kein lustiges Synonym für Schnaps, und ein Schnüffelstück gibt es wirklich.

Ich drehe mit Otto die frühe Gassirunde. Morgens um halb neun ist es noch besonders ruhig, niemand ist unterwegs, noch nicht mal die Katzen lassen sich blicken. Doch auf der Schlossbrücke kommt uns ein älteres Paar, auf Fahrrädern, entgegen. Sie bremsen abrupt, steigen ab – ob ihnen der große Hund Angst macht? Aber sie schauen eher verzaubert, große Augen, breites Lächeln.

„Ach, ist der hübsch ... dürfen wir den mal streicheln? ... Hat der ein weiches Fell!"

Er ist nun mal der hübscheste Hund auf Erden. Furchteinflößend ist er nicht.

Wir stoßen auf unseren Schlossherrn, Arthur, der, die Nase über dem Boden, langsam im Park herumgeht. Sein runder kahler Kopf glänzt in der Sonne. Er meint, ihm sei gestern bei einem Rundgang ein Zwanzig-Euro-Schein aus der Tasche gefallen, den er nun wiederzufinden versuche.

„Such das Geld, Otto, such!", befehle ich. Otto sieht mich fragend an und legt sich erst mal hin, wir müssen lachen.

Als wir zurückkommen, sehe ich Marc weit hinten im Garten herumstiefeln, irgendein mir noch nicht bekanntes Werkzeug in den Händen, womöglich vollendet er die automatische Hühnerklappe, ich würde eine Flasche Champagner öffnen. Otto sprintet zu ihm, schließlich waren sie eine halbe Stunde voneinander getrennt, Anlass zu großer Wiedersehensfreude.

Ich ziehe mir auch die Arbeitshose an, streife die dicken Rosenhandschuhe über und verschwinde ins Beet. Otto trottet Herrchen hinterher, er muss im Blick haben, was dieser tut und gegebenenfalls natürlich mitwirken, auf seine Art. Ab und zu lässt er sich bei mir blicken. Als ich schließlich die Beete wässere, springt der wilde Hund in den Wasserstrahl, trinkt, schüttelt sich und wälzt sich anschließend im hohen Gras.

„Bist ganz glücklich hier, richtig?", frage ich und kann mir die Antwort denken. Otto streckt seine langen Beine von sich und schließt die Augen.

Nachmittags sitze ich am Schreibtisch, ich sollte etwas arbeiten, aber ich schaue so gern aus dem Fenster. Eine Gruppe Touristen spaziert die Straße entlang, Hände hinter dem Rücken, sie scheinen alles aufzusaugen, dieses Landleben, vielleicht erinnert vieles an frühere Zeiten, an Kindheitsurlaube auf dem Dorf. Fachwerk und Kopfsteinpflaster, pittoresk verwitterte Holzbänke am Wegesrand. Hühner auf der Straße, Stockrosen, der Geruch nach Heu und Mist. Ein Zitronenfalter tänzelt durchs Bild. Manch einer findet es hier womöglich gar nicht so übel, diese Natur, diese Ruhe, und gerät ins Träumen – man könnte ja … irgendwann … vielleicht … und warum eigentlich nicht?

*

Epilog – Spätsommer

Bald schließt sich der Kreis, bald ist schon wieder Oktober. Die Kraniche sammeln sich bereits, die Wildgänse werden bald folgen. Es fühlt sich noch nicht so an, als verginge die Zeit auf dem Land langsamer.

Otto hat seinen „Freischwimmer" in der Ostsee gemacht. Die Pubertät hält an, die Hormone schießen, das Biest stinkt mächtig. Der „Kleine" wiegt fünfundfünfzig Kilo. Unter seinem buschigen Schwanz, der aussieht wie ein Cheerleader-Pompon, könnte eine ganze Fuchsfamilie überwintern.

Der vermeintlich lange Sommer ist im Nu verflogen. Vielleicht, weil es unser erster Sommer hier ist, alles neu.

Die erste Gemüseernte ist fast abgeschlossen, nicht jede Aussaat war von Erfolg gekrönt. Der erste Likör ist angesetzt, Gläser mit Marmelade und Gelee stapeln sich im Regal. Eine völlige Verdschungelung des Gartens konnten wir bisher abwenden.

Oft dreißig Grad unterm Dach, manchmal Regen, auch mal Gewitter und Hagel. Der Geruch von frischgemähtem Gras in der Sonne, die Freude über „wilde" Sonnenblumen im Garten und über die ersten eigenen Kartoffeln.

Abende mit Nachbarn am Grill, an der Feuerschale, einiger

Besuch – es gibt sogar Freunde, denen es bei uns so gut gefällt, dass sie schon zum vierten Mal kommen.

Wunderschön war der Sommer, und nun zeigt er sich noch mal, die schon eingemotteten Schläuche werden wieder rausgeholt. Die Mücken starten auch noch mal durch.

Es gibt noch viel zu entdecken, zu lernen und zu berichten. Aber nicht jetzt, die Weintrauben sind reif, natürlich alle vier Reben gleichzeitig, und es sind viele. Ob die Fülle an Schnitt und Pflege liegt oder doch einfach nur am günstigen Zusammenspiel von Sonne und Regen – wer weiß. Ich will nicht alles den Spatzen überlassen.

Otto steckt seine Schnauze durch meine Achsel und sieht mich erwartungsvoll an. Stimmt ja, Zeit für die Gassirunde. Der Wein kann warten.

***

Sämtliche Personen und Örtlichkeiten in diesem Buch sind frei erfunden, abgesehen von der Prignitz und dem Hundekind.

Quellen

- Dudenverlag: *DUDEN* Online – *https://www.duden.de.*
- Hansen, Dörte: *Altes Land.* München 2015.
- *Into the Wild.* [Film] USA 2007.
- Land Brandenburg, Ministerium für Soziales, Gesundheit, Integration und Verbraucherschutz: „Hinweise für Hobby- und Kleingeflügelhalter zur Verhinderung des Eintrages der Geflügelpest." Potsdam 2023.
- Landkreis Prignitz: *Landkreis Prignitz* Online – *https://www.landkreis-prignitz.de* (› Daten, Zahlen, Fakten: Einwohnerzahlen von 1994 bis 2021 im Landkreis Prignitz).
- *Men in Black.* [Film] USA 1997.
- Herbert Rosendorfer: *Großes Solo für Anton.* Zürich (19. Aufl.) 1992.
- Martin Rütter: *Welpentraining mit Martin Rütter.* Stuttgart 2015. [Zu Hundehaaren: S. 15]
- Ian Spence & Royal Horticultural Society: *Das Gartenjahr: Die richtige Planung Monat für Monat.* London 2021.
- *Stranger Things.* [Serie] USA 2016 – 2022.
- Juli Zeh: *Über Menschen.* München 2021.
- Juli Zeh: *Unterleuten.* München 2016.

Dank

Meinem Mann, dem mutigen Erstleser, der mich bestärkt, der mich erträgt (sogar im Winter). Der, während ich am Schreibtisch über Formulierungen brüte oder Löcher in die Luft starre, arbeitet, den Rasen mäht, den Komposthaufen umschichtet, Großeinkäufe erledigt, Möbel baut, köstliches Essen kocht ...

Sophie Albers Ben Chamo, Kathrin Alex-Haarmann, Kerstin Kühl, Annika Magdorf und Kai Sinzinger.

Last, not least: Unseren Nachbarn, ihr seid die Besten – ohne euch wäre aus einem Haus und einem Ort nicht so schnell ein Zuhause geworden!

Und sonst?

Ich bin nicht in den sozialen Medien, hab ja genug anderes zu tun. Aber ich freue mich über Lob, Kritik, Fragen, Tipps ... per E-Mail an *andorn@evaandorn.de*. Oder schauen Sie gern vorbei auf *www.evaandorn.de*.

Bei Interesse halte ich Sie gern auf dem Laufenden, wie es weitergeht auf dem Land, mit Otto, mit uns – hier ein kleiner Vorgeschmack:

- Kleine Ferienwohnung, großer Hund (Fail)
- Nase zu und durch: Die Pubertät des Hundes
- Ernte: Einhundertvier Gramm Erbsen, drei weiße Bohnen
- Hilfe, im Vorgarten wächst nichts (außer Fingerhut)
- Was geht, was nicht: Bilanz des ersten Gartenjahres
- Dorfhund verschwunden – wo ist Oschi?
- Kennen Sie den Norwegischen Fischmops?